U S A .....schlägt mein Herz noch deutsch?

AF210261

Eine halbdokumentarische Veröffentlichung
in Verbindung mit zahlreichen Berufs- und
Alltagserlebnissen europäischer Aus- und
Rückwanderer. Herausgegeben von *.*.

Imre Grant

U S A .....schlägt mein Herz noch deutsch?

Ursachen, Methoden und Folgen einer Re – Immigration

Zum Autor:
I M R E G R A N T lernte in den 40iger bis 90iger Jahren
in Europa, speziell in Deutschland, dazwischen in den USA
den Alltag vor Ort kennen. Während der Immigration arbeitet
er zusammen mit Amerikanern und europäischen Einwanderern.
Noch vor der 2000-Jahreswende re-emmigriert er in die deutsche Gegenwart.
Sein Thema: Menschen - Tiere - Dokumentationen.

Die Deutsche Bibliothek - C I P - Einheitsaufnahme
U S A .... schlägt mein Herz noch deutsch? 189 Seiten,
33 Zeichnungen / Imre Grant - 2000 - I S B N : 3-89811-760-X
NE: Grant, Imre.

Alle Rechte liegen beim Autor

Buchherstellung: Libri Books On Demand

Verlagsort München   2000

I N H A L T

Kino- und TV-Stil - ein Immigrant schaut zurück - Old Ale
House: der Wiener Kaffeehausersatz für Weltverbesserer -
Einzug eines Immigranten aus Europa in Philadelphia -
Schwarzer Marihuanhahändler - Filmmordstil - Die Sklaverei
im Süden - Amerikanische Gesellschaftsneurose - Kleiner
und grosser Barüberfall - Baukastenhäuser in Philadelphia -
Demokratische Alltagsbeispiele vor Ort - "Tricky Dicky"
Nixon - Campusszene - Einbruch im Apartment - Der
Schuldiener vom Missisippi - Die schwarze
Baseballmannschaft in Suburbia - Uni-Departmentsystem -
Raub an einem Studenten - Streitdialog eines
Immigrantenehepaars - "Jesus 70" .

Las Vegas Airport und Taxidriver-Tips - Am Streep und in
den Saloons - Durch die Wüste - San Franzisko YMCA -
Die Rasur - Lyoner made in USA .

Heile Welt Suburbia -. Sonntagsschule der Methodisten -
Europäische Briefinhalte - Krise in Amerika - Rückblick: in
einer deutschen Kleinstadt der 40iger Jahre - Rückblick:
KZ-Brutalität in Nordhausen - Vergewaltigung in
Philadelphia - Kein Karriereversuch in Missouri .

I n d i a n s u m m e r und heile Welt in Saskatoon -
F i s h i n g t r i p .

Interntrainer - Mafia-Attentat - Die Statistik der Gewalt -
Tierschutzhospital - Kunstdialog - Deutsche in der 86.
Strasse - Artbusiness - Tierholocaust - "Amerikanische
Orchesterprobe" .

P e r s o n e n

Eduard Schall	Deutscher, Re-Immigrant
Sandra Schall	Ehefrau mit Kindern
Johann Kasove	Österreicher, geht nach Kanada
Ella Kasove	Ehefrau
Max Frey	Deutscher, wird ermordet
"Blonder"	Deutscher, Spieler
"Bebrillter"	Deutscher, Spieler
"Kahler"	Deutscher, Spieler
Judy Meiersmann	Amerikanerin, Sekretärin, wird vergewaltigt
Wendel Johnson	schwarzer Amerikaner, Schuldiener u. Marihuanhahändler
Micky Parker	weisser Amerikaner, Anstreicher
Joe Gunholt	Amerikaner, Architekt
J.A. Colombo	Mafioso, wird ermordet
J.A. Johnson	schwarzer Mörder von Colombo
Bob	schwarzer Schiffszimmermann
Joe	schwarzer Dekorateur, Musiker
Wilbur Leonhard	Zahnarzt
Ted Bacherach	Chirurg
McLaughlin	weisser Geschäftsmann
Ameriokaner N.N.	Uni-Departementchef
Muhamad Ali	Boxchampion, Wehrdienstverweigerer
Ken Sharp	Vet-Chirurg
Jim Smoothkop	Vet-Direktor einer Klinik mit Tierholocaust

ferner: weisse und schwarze Amerikaner & Amerikanerinnen,
Deutsche & andere Europäer, Taxifahrer, Räuber, Mörder, Japaner,
Chinesen, Politiker, Studenten, Priester, Kirchen-besucherinnen u.
a. aus dem Alltag in USA und Deutschland.
Halbdokumentarische Ähnlichkeiten mit möglicherweise noch
lebenden oder schon verstorbenen Personen, geänderte Namen.

Kapitel 1

"Das Leben ist schwierig. Das ist eine grosse, ja, eine der grössten Wahrheiten."
                    M.Scott Peck, Psychotherapeut & Autor, USA.

"Kinder und Narren sagen die Wahrheit."
                    Deutsches Sprichwort.

"Der Künstler steht ausserhalb der Gesellschaft, wie Kinder und Diebe."
                    Saul Steinberg, Karikaturist, USA.

" Künstler und Intellektuelle sind wahrscheinlich gar nicht notwendig."
                    Unbekannter Architekt, New York.

"To hell with culture."
                    Herbert Reid, USA.
"Unsere Grossmutter flog nie mit dem Flugzeug zu den Pyramiden, blieb zuhaus und war zufrieden."

                    Zeitschrift: "Sechzig-na-und?" (4/95)

U S A - Philadelphia, 60iger - 70iger Jahre und Lebensrückblick eines Immigranten.

Max Frey: "In den Kinos ist ein neuer Sex- und Blutstil auf der Leinwand und natürlich auch auf den TV-Schirmen."

Johann Kasove: "Andeutungen von Bumsen und Mord scheinen die zwei grössten Sensationen, die wegen der sinkenden Kaufkraft das Publikum kapert und fesselt. Der neue Brutalstil zeigt die Friktionsbewegung in Grossaufnahme, dazu Plärren und Stöhnen ins Mikrophon. Das macht doch nur Spass im do-it-your-self. Die amerikanische Hausfrau sieht und hört sich Dean Martin an, der als Dino Crocetti und Sohn eines italienischen Friseurs geboren, schmalzgelockt mit Dackelblick und Whiskeyglas sein Publikum begeistert."

Max Frey kommt von einem Kino in Philadelphia, wo er Kintop ohne kommerzielle Unterbrechung für Schuppenhaarcreme oder Zahnpasta in einem Stück sehen konnte. Er hatte genug vom amerkanischen Fernsehen das meistens nur Verbrauchergehirnwäsche ausstrahlt zwischen Fetzen von alten Filmen, Fernsehserien oder Las Vegas Shows. Max Frey kam aus Deutschland, an der Universität in Philadelphia arbeitet er an irgendeiner physikalischen Spezialität, wozu er an einer deutschen Uni komischerweise keine Gelegenheit fand. Er war in den 50iger Jahren aus Thüringen "geflohen" und hatte in Berlin-West Physik mit dem Schwerpunkt Optik studiert. Was er an blonden Haaren am Oberkopf verlor, liess er auf der Oberlippe nachwachsen. Seine kleinen blauen Augen erinnern in der Tat an die eines lustigen Schweinchens. Er hatte eines Tages die Schnauze voll und machte sich auf den Weg in die USA. Er beobachtet den American way of life seit einem Jahr, kritisiert und liebt ihn trotzdem. Der Abend im Juli ist heiss, die Luftfeuchtigkeit wird mit 93 % gemessen. In einem Ale House an der Westgrenze Philadelphias, wo Ghetto- oder Slumbewohner sich mit den Leuten des Universitätsviertels vermischen, trifft Max Frey Johann Kasove, einen Chemiker aus Österreich, der wie viele andere aus Europa mit seiner Familie als Immigrant in den USA zu leben versucht. Mit seinem schwarzen Bärtchen könnte man ihn mit Willy Willy Forst verwechseln, der in den 40iger Jahren den "Bel Ami" im Film spielte. Johann Kasoves Augen erinnern an braune Samtkissen. Der Abendwind wirbelt Zeitungsfetzen und Papiertüten an schmutzigroten Backsteinmauern hoch. Hinter dem Wind wird Regen kommen. An der Mauer einer Kirche sind Sprühdosensprüche in allen Farben verteilt: "KOOL KOLORED KIDS - PEACE - BLACK POWER - NIGGER - NUTS - KILL BABY KILL - BOBY KING - HEIL HITLER - STOP HATE - STOP WAR

NOW - COPULATE BUT DON'T POPULATE - PIG - MARY AND JOE". Das las
sich wie die Bibelsprüche der young generation made in USA.
Wendell Johnson, ein Schwarzer, schlurft vorbei. Er verdient als
Schuldiener etwas Geld für sich und seine derzeitige Schlaf- und
Esspartnerin und die geringe Miete im Ghetto. Was er mehr braucht
für Radio, Television und Drogen für ein verbotenes kleines High,
dafür muss er nebenbei mit Marihuanha Geschäfte machen. Er hat
einige Pfund dieser verbotenen heissen Ware, in Zeitungspapier
gewickelt, unter seinem Hemd und beobachtet einen roten
Polizeistreifenwagen, der nahe bei einem gelben Feuerhydranten
parkt. Wendell Johnson geht mit schlacksigen Schritten zur
Strassenecke. Sein Weg führt hinter dem Polizeiwagen vorbei. Ein
Deutscher Schäferhund bellt ihn hinter verschlossenen Autofenstern
an. Manche dieser Hunde sind auf Drogensuche trainiert. Der
schwarze Schuldiener und Marihuanhahändler geht ohne seine Schritte zu beschleunigen fatalistisch weiter. Er weiss, wenn die Cops
Verdachtschöpfen und ihn kontrollieren, hat er keine Chance zwischen den Vorgärten und Hausmauern weit zu fliehen. Sie würden ihn
schnell gestellt haben. Im Spiegel eines Supermarktfensters kann
er die unbewegt im Streifenwagen sitzenden Polizisten und den
tobenden Hund sehen. Es ist für ihn ein erlösendes Gefühl, dass
nichts weiter passiert. Er dreht den Messingknopf der Tür des Ale
Houses nach links. In sein schwarzes Kraushaar tropft Kondenswas-
ser von zwei Airconditionern. Ein Ale House ist kein vornehmes
Restaurant. Amerikaner des Mittelstands sind darin selten zu
finden. Europäische Immigranten sind da weniger sensibel, denn in
europäischen Pinten konnte arm und reich nebeneinander ein Bier
trinken, ohne deshalb gleich in eine Klassenschublade verfrachtet

oder gar abgewertet zu werden. Max Frey und Johann Kasove reden mit Wendell Johnson und erfahren, dass der Schwarze 34 Jahre alt ist, bei den Ledernacken ausgebildet, mit Maschinengewehr, Messer und anderen technischen Hilfsmitteln oder mit Karateschlägen zu töten gelernt hatte. Einst in Korea hing er an Heroin. Mit grosser Anstrengung kam er davon wieder los. Sie erfahren, dass W.J's Partnerin tiefschwarze und das gemeinsame Baby samtweiche braune Haut hat. Sie setzen in deutsch ihren Dialog am Biertisch fort, schon allein, um einmal aus der holzgetäfelten Gipswand-atmosphäre ihrer angemieteten, eigentlich recht gemütlichen, aber etwas abgewohnten Behausung herauszukommen, für die sie eine günstige Miete zahlen, aber auf deren Veranden man nicht im Schaukelstuhl sitzen und den Rufen der Gänse lauschen kann, die wie verstimmte Klarinettentöne klingen, wenn sie spätabends im Herbst über Philadelphia via Kanada fliegen. Der faulige Geruch der Ölraffinerien am Delaware liegt in der Luft und färbt die Airkonditionfilter schwarz. Da ist es erholsam über irgendein Thema zu reden. Das Thema Heimat in Deutschland vermieden sie schon seit längerer Zeit. Aus alten Europäern können keine jungen Amis werden. Das wissen sie, das spüren sie und das verdrängen sie. Aber die exzellenten T-Bonesteaks, die sie preisgünstig im Supermarkt kaufen, hauen sie sich mit Wonne in die Pfanne. Nach einer Statistik* verzehrt ein US-Amerikaner während seines Lebens 13 Rinder.

* Gleich, Maxeiner, Miersch, Nicolai: "Life counts",

  Berlin Verlag.

Max Frey: "Der Mordstil in den Filmen ist superrealistisch. Schiessen sie einem ein Loch in den Brustkasten oder den Bauch, explodieren Hemd und Haut und ein roter Saft spritzt Richtung Kamera."

Johann Kasove: "Das mag für viele eine Abreaktion von Aggression sein."

Max Frey: "Du meinst für den Schreiber, den Filmemacher oder das Publikum?"

Johann Kasove: "Für das ganze Bündel!"

Max Frey: "Wenn Du heute oder morgen Pech hast, triffst Du so einen Fanatiker, der sich nicht wie das ganze Bündel abreagierte und es probiert, zwischen Deinen Rippen oder in Deiner Leber mit dem Messer seine Aggression los zu werden." Er sagt das, ohne zu ahnen, dass er selbst einmal so enden würde, während Autos auf der Walnutstreet an seinem ausgebluteten Körper vorbei downtown fahren werden.

Johann Kasove: "Manche brechen von Autos Antennen ab und schlagen sich ihre Wut an einem alten Mann oder einer Frau aus dem Kopf."

Max Frey: "Vergangene Woche erwischten sie nachts einen Studenten auf dem Weg von einer Party nach Hause in der Larchewood Avenue. Sie erschlugen ihn. Morgens fand man seine Leiche."

Johann Kasove: "Die sind krank."

Max Frey: "Vielleicht bilden sich manche dieser Machos ein, das sei ein Teil einer beginnenden schwarzen Revolution gegen die weissen Pigs und sie könnten etwas verändern, mit sozialer Sicherheit. Dabei sind sie verdammt primitive kleine, gefährliche Gangster."

Johann Kasove: "Es wird keine neue Revolution in Amerika geben. Örtliche Kravalle, ja, die können explodieren, wenn sich zuviel Unterdrückung und zuviel Ignoranz in den Suburbs anhäuft. Doch noch liegen die farbigen Katzen scheinbar faul und gelangweilt am Fensterbrett oder sind schreiend mit Ihrem Fortpflanzungsgeschäft abgelenkt. Aber es schwelt Hass in den Katzenköpfen, tödlicher Hass, der schon in den Zentren der Sklaverei, im Süden Amerikas den schwarzen Babies eingegeben wurde und heute mit der Milch der Ghettomütter weitergegeben wird, von Generation zu Generation."

Max Frey: "Ein Schulsuperintendent meinte, den Schwarzen sei es einmal in den Südstaaten Amerikas relativ gut gegangen."

Johann Kasove: "Das kann wohl nicht sein Ernst gewesen sein, so wie ich das als Europäer sehe."

Max Frey: "Doch, er war fest davon überzeugt oder sprach zumindest davon sehr überzeugend. Der Trouble für die Schwarzen habe erst im Nordosten Amerikas begonnen, wo sie von der Sklaverei befreit ankamen, aber Menschen dritter Klasse waren , denn sie kamen in eine hoch technisierte Welt des Big Bussines und dann verbesserte er sich noch und sagte "hoch zivilisierte" Welt...."

Johann Kasove: "Du erzählst das nur, um in Frage zu stellen, ob der Hass gegen die Weissen von den Mamies mit den grossen vollen Brüsten schon im Süden oder erst in den Ghettos des Norden den Babies eingegeben wurde, die neben Calcium, Phosphor, Fett, Trockensubstanz und Vitaminen den Hass miteinsogen."

Max Frey: "Die schwarzen Sklaven haben ihre Blues im Süden nicht allein zum Zeitvertreib gesungen und gespielt. Heute spielen sie mit den tödlichen Drogen und beschimpfen sich im Rausch mit "Nigger". Schwarze Potenzler machen gute Geschäfte mit dem Sozialamt über die unehelichen Kinder. Manch einer von denen fährt mit dem Cadillac am Monatsersten vor und kassiert bei zehn oder mehr meist minderjährigen Müttern einen Teil der Kohle wieder ab!"

Johann Kasove: "Es wäre eine Patentlösung, wenn unter Micky Mouse Weissen nur schwarze Oncle Toms in den USA lebten, ein Zyniker."

Max Frey: "Aber denke auch daran, dass die Quäker in Pennsylvania die Schwarzen relativ gut behandelten, während die Grossgrundbesitzer des Südens glaubten, sie könnten den Bildungsstandard ihrer Sklaven so niedrig wie möglich halten. Eine ausreichende Fütterung genüge, um sie bei Kräften zu halten, damit sie sich fortpflanzten. Um gefüttert zu werden, mussten die Schwarzen hart arbeiten. Das haben doch die SS-Leute unter Reichsprotektor Frank in Polen auch kurze Zeit versucht in die Tat umzusetzen, auf Befehl eures Braunauers und unseres Himmlers!"

Johann Kasove: "Sei davon still. Sowohl die Polen, als auch die Schwarzen im Süden Amerikas würden sich in diesem Satanskreis zu Tode drehen, gäbe es nicht irgendeine ausgleichende Gerechtigkeit, hüben wie drüben. Ausserdem sind im Süden, im gottgesegneten Kalifornien heute die Mexikaner der Sklavenersatz der Farmer."

Johann Kasove: "Die amerikanische Gesellschaft, die sich mit Parties in den Schlaf lullt."

Max Frey: "Denkste! Die weckt sich mit Money power immer wieder auf!"

Johann Kasove: "Für mich sind viele neurotisch bis in die Penis- und Klitorisspitze."

Max Frey: "Sei vorsichtig und beisse nicht die Hand, die uns füttert, noch sind wir "Gäste der Landesregierung!"

Johann Kasove: "Ja, ja, das Goverment und die Politiker müssen den Steuerzahler ab und zu Feuer unter die fetten Hintern machen und die Gefahren des Kommunismus heraufbeschwören. Nervöse Bürger treffen sich bei Whiskey und Gin. Nach "Law and Order" und "Hoch

lebe der Präsident" rufen die einen und die anderen lassen
unliebsame Zeitgenossen, Bürgerrechtler und auch Präsidenten
erschiessen, Martin Luther King, zwei Kennedy's....."

Max Frey: "Apropos Kennedy! Er entwickelte eine starke Abneigung
gegen Deutschland, warum weiss ich nicht, vielleicht weil ihn
Adenauer etwas von oben herab behandelte oder Kennedy es so vor-
kam."

Johann Kasove: "The silent Majority...die stille Mehrheit der
Kriegsveteranen und Reserveoffiziere, die "Körnels", haben einen
grossen Einfluss auf das politische und wirtschaftliche Macht-
gefüge Amerikas."

Max Frey: "Und die laute Minorität der Hippies und Beatniks und
Yipies kommt auf Farmfeldern in Woodstock zusammen und protestiert
mit Nackheit gegen den Puritanismus, mit Protestsongs gegen die
Spiesserarroganz, mit Drogen gegen "No future", aber manche dieser
Anhänger der Minorität sind nur faul und unreif und frech. Die Be-
güterten fahren im Rolls Royce von Protestversammlungen und von
einer Drogenparty zur andern."

Johann Kasove: "Und wir trinken bescheiden unser Bier und können
auf deutsch schimpfen! Prost!"

Max Frey: "Dass Du als Östereicher Bier trinkst!"

An der Strassenecke wechselt die Verkehrsampel auf Grün und die
Strasse kreuzt Mickey Parker, 61, Anstreicher. Mit etwas weichen
Knien steuert er das "Old Ale House" an, in dem er sich auf einen
Hocker neben Wendell Johnson setzt. Zusammen mit anderen wird die
Schar der Gäste nach Hautfarbe und Soziologie immer bunter.

Mickey: "Bartender, one beer, please!"

Wirt: "Hey, Mickey, wie geht's Dir den heute?"

Mickey: "Etwas zuviel verdammten Whiskey, sonst aber o.k."

Mickey Parker hört, dass nicht weit von ihm sich Zwei in deutsch unterhalten.

Mickey: "Hey, German, ich habe das Buch vom D-day gelesen. Eure Generale waren o.k., besonders der von Rundstedt. Der hatte ein exzellentes miltärisches Gehirn."

Max Frey: "Ich weiss nicht Mickey, da waren soviele "gute Spezialisten" für die falsche Firma tätig."

Mickey: "Oh, Euer Hitler war allrhight! Zumindest am An-fang!"

Max Frey: "No Mickey, da hast Du unrecht."

Ein eigentlich sinnloses Gespräch wird jäh unterbrochen. Die Tür des Lokals wird aufgerissen, ein gelbes Jacket streckt Ärmel und Hand zur Bartheke, greift dort eine Handtasche und verschwindet wieder. Eine mittelalte Aufgeblondete kreischt auf, als gelbes Jackett und Handtasche verschwunden sind. Niemand konnte ein Gesicht erkennen. In Sekunden huschte Etwas in schwarzen und gelben Farbklecksen zwischen Tür und Bartheke. Wie ein unscharfes Foto hatte Max Frey diesen kleinen Überfall registriert. Der Begleiter der Aufgeblondeten stürzt durch die Tür ins Freie. Die Schickse sitzt erstarrt auf dem Barhocker.

Johann Kasove: "Der ist weg. Ummöglich den jetzt zu finden."

Der Begleiter der Schickse kommt zurück. Er blutet am lin-ken Arm.

Schickse: "Hast Du ihn erwischt?"

Begleiter: "Ich sah ihn nur um die Ecke rennen. Der war nicht zu fassen!"

Schickse: "In der Tasche ist mein Scheckbuch mit Karte."

Begleiter: "Hast eh nix auf dem Konto!"

Schickse: "Oh halts Maul, Mistkerl! Die Hausschlüssel sind weg!"

Begleiter: "Schläfst halt bei mir."

Schickse: "Bei Dir? Ich hab'genug vom letzten Mal."

Den Begleiter hatte es auf der Strasse hingehauen und er hatte sich dabei den Arm verletzt.

Begleiter: "Ach halt doch Dein Maul!"

Mickey: "Der schwarze Gangster ist weg, den findet keiner mehr im Dunkeln da draussen. Ich sah zwei Kerle, die uns durch das Fenster an der Tür eine zeitlang beobachteten!"

Max Frey und Johann Kasove mussten zugeben, dass diese Dialoge wenig anregend waren. Sie blieben dennoch neugierig im Ale House, das zumindest für den Östereicher Kasove eine Art Kaffeehausersatz ist, dem Stammsitz aller Weltverbesserer. Draussen schlagen dicke Regentropfen ans Fenster, der Wirt schliesst die Tür ab, geht zurück und giesst sich Kaffe in eine Tasse, gross wie eine Salatschüssel, mit einem Henkel,in den sein massiger Daumen passt. Er hat schwere Hände. Während des Krieges war er bei den Marine-fliegern Bordmechaniker. Langsam schlürft er den warmen Kaffee.

Wirt: "Vor sechs Wochen kamen fünf Schwarze mit Pistolen abends um zehn durch die Tür. Wir mussten uns alle auf den Boden legen, mir klebten sie mit einem Tape die Hände auf dem Rücken zusammen. Das Telefonkabel rissen sie aus der Wand, einer stellte sich vors Fenster an der Tür, die andern nahmen das Geld aus meiner Kasse und von den Gästen, dann verschwanden sie in der Dunkelheit."

Mickey: "Hey, German, warum ist Dein Hitler tot? Er könnte hier Ordnung schaffen!"

Max Frey: "Mickey, Du hast keine Ahnung, Du hast nie in einem Land leben müssen, in dem ein Hitler mit all den kleinen Hitlern re-gierte!"

Mickey: "Zusammen mit der SS hätte er bald mit den Gangstern unter den Niggern und Juden aufgeräumt!"

Max Frey: "Mickey, Du weisst nicht, was Du sagst.!"

Mickey: "German, bist Du ein Kommunist?"

Max Frey: "Ich bin Nonkonformist."

Johann Kasove: "Max, komm lass uns gehen,"

Mickey: "German, dieses Land wird Dich krank machen! Bei uns gelten die Kreditkarten, das Money-loan-System der Banken. Erst wenn Du gelernt hast, das alles zu lieben und auszunützen, werden sie Dich in unserer Society anerkennen oder Du bleibst ein Kraut, ein Fritz, ein Fremder!"

Max Frey: "Mickey, Du übertreibst wie der "Schicklgruber"."

Mickey: "Der war Anstreicher wie ich. Der war nicht dumm!"

Max Frey: " Der hatte eine Paranoia, ich möchte sagen eine infektiöse Paranoia, wenn es sowas gäbe!"

Johann Kasove: "Wenn Du jetzt was gegen die Österreicher sagst......!"

Mickey: "Ich habe alle Bücher vom Weltkrieg II gelesen und alle grossen Schlachten nochmal mit durchgekämpft, ich bin nicht nur ein Barerzähler oder Barpolitiker. I love history!"

Max Frey: "Ja, viele Leute lieben Historie und lernen da-raus etwas, manche Leute aber nicht!"

Zigaretten- und Zigarrenqualm werden vom Airconditioner über die Bar geweht. Das Licht ist düster gelb, in der Musicbox jault Tom Jones: "Love youhouou...." Bob, ein alter Schiffszimmermann, schläft mit verrutschter Brille, Joe ein ehemaliger Musiker und jetziger Dekorateur starrt stumpf vor sich hin und trauert seinen echten Schneidezähnen nach, die es ihm noch erlaubt hatten Trompete zu blasen. Wendell Johnson trinkt sein schaumloses Bier aus und macht sich auf den Weg, um Marihuanha zu verkaufen, denn er muss genügend Geld nachhause bringen, sonst läuft ihm seine Partnerin davon und nimmt das Baby mit. Max Frey und Johann Kasove müssen heute nicht auf die Uhr schauen. Die Dozentenfrauen haben Kaffeekränzchen und gemeinsames Abendessen, Klatsch ohne Männer. Fast masochistisch beobachten und ertragen sie das ihnen wie auf einer Bühne vorgeführte niederklassige Millieu einer Grossstadt Amerikas, die irgendwie eine Ähnlichkeit mit Wien hat. Ganz in der Nähe des Campus, während Max Frey und Johann Kasove ihre soziologischen Beobachtungen machen und die Dozentenfrauen Kaffee bei selbstgebackenen Kuchen trinken, zieht Eduard Schall mit einem Teil seines Auswanderungsgepäcks, seiner Frau Sandra und zwei Kindern in ein Haus in der Hazel Avenue. Max Frey, Johann Kasove, Dozenten und Professoren der Uni, wohnen in diesem Viertel. Die Häuser stehen dichtgedrängt, wie aus einem Riesenbaukasten zusammengefügt, gleichen sich äusserlich und im inneren Aufbau aus Backsteinfundament, Zimmermannsarbeit, Holz- und Gipswänden, in die Nägeleinschlagen laut Mietvertrag verboten ist. Weiss, grün, gelb, rot oder braun sind die Fenster gerahmt, das Dach ist mit Teerpappe gedeckt.Ein winziger Vorgarten vor einer Holzveranda, eine Doppelglashaustür führt in ein Wohnzimmer mit offenem Kamin. Eine Wendeltreppe, die sich im Raum nach oben dreht, wo mehrere Räume als Schlafzimmer und ein Bad sich befinden. Öffnet man eine Schiebetür im Wohnraum, ist man im Esszimmer vor der dahinterliegenden Küche, von der aus man einen schmalen Hintergarten, den backyard, erreicht. Wegen der Moskitos von Frühjahr bis Herbst, sind an Fenstern und der Tür zum Hintergarten Fliegengitter

grossen Messingbeschlägen als Tisch in eine Raumecke. Er wird hier
mit Freunden und Besuchern aus den USA und Europa öfters gemütlich
sitzen. Zumindest solange Sandra nicht die Nerven verliert.

* * *

Ein Lebensrückblick.

E d u a r d   S c h   a l l   wurde in einer fränkischen Bezirksstadt
geboren, sieben Jahre nach dem ersten Weltkrieg, den seine
Vorfahren und Anverwandten mit verlieren mussten. Eduard Schall
wurde bei einer Bürgerstochter von einem Kriegsheimkehrer, nach
einer Hochzeit in weiss, Frack und Zylinder, erzeugt. Die Uniform
eines berittenen Kavaleriewachtmeisters und Offiziersanwärters war
in einem Schrank verstaut, wo sie von Motten umschwirrt hing, bis
der inzwischen arbeitslose Bankangestellte sich eine   Uniform in
braun anpassen liess und so gewandet eine Stelle an einer der
neuen politischen Richtung nahestehenden Bank bekam. Noch bevor
Eduard Schall in die erste Volksschulklasse kam, war die Ehe seiner Erzeuger geschieden. Der "schöne Rudolf", so hiess der inzwischen braune Vater, hatte als Leichtathlet und Kurzstrecken-
schwimmer nicht nur Eichenlaubkränze, die ihm frisch-fromm-fröh-
lich-frei um die Stirn gelegt wurden, sondern auch als Damen-
sportlehrer in Feld, Wald, Wiesen und Betten Damen erobert, die
ursprünglich nur besser schwimmen lernen wollten. Solche Trok-
kenübungen, mit Damen ausserhalb des Wassers, erregten das Miss-
fallen der erst kurz Angetrauten des "schönen Rudolf's" nach den

es zu einer gerichtlich verordneten Trennung von Tisch und Bett,
die man Scheidung nennt. Übungen in in Feld, Wald, Wiesen und Betten musste Rudolf der Schöne nun ohne bürgerliches Netz abhalten.

Eduard Schall landete mit Mutter in jungen Jahren bei den Grosseltern mütterlicherseits, während die Grosseltern väterlicherseits
nur eine Parallelstrasse weiter dem braunen Richard Unterkunft und
Verpflegung gewährten. So war Eduard Schall unbewusst in eine ge-
spaltene Situation geraten, denn er tendierte, zumindest in dieser
frühen Jugendzeit, trotz strikten mütterlichen Verbotes dazu, seinen Vater zu besuchen, der Tauben, Hühner, Enten, Truthähne und
Hunde züchtete, zwischen denen ein schöner Pfau herumstolzierte,
sein Rad schlug und scheusslich schrie. Vielleicht erkannte der
Geflügelzüchter Rudolf darin sein Ebenbild, wenn er nicht gerade
seine SA-Uniform anhatte und in einer hirschledernen Hose, die an
Trachtenhosenträgern aufgehängt war, seine Menagerie fütterte,
bevor er morgens zu seinem Bankgeschäft ging oder am Spätnachmittag zurückkam. Als Eduard schon zur Schule ging, hatte er von dem
Trick gehört, dass Hühner mit einem Kreidestrich oder mit dem unter einen Flügel gesteckten Kopf, wie hypnotisiert unbeweglich auf
einem Fleck verharrten. Neugierig gemacht, schritt er eines Nachmittags zur hypnotischen Tat. Er scheuchte alle Hühner in die
Ställe. Es waren so an die dreissig Stück Federvieh, das er aus
den Ställen herausfing. Köpfe und Hälse steckte er unter die
Flügel und trug die ruhig gestellten Hühner zum Futterstall,
setzte sie schön in Reihe auf den Boden, schloss die Stalltür und
entfernte sich eine Strasse weiter. Einige Minuten später kam sein
Vater, öffnete das grosse, hohe, blaugraue Eisentor zum Garten.
Eine ungewohnte Stille empfing ihn. Kein Gackern oder Scharren war

in den Ställen, wie er es zu hören gewohnt war. Er öffnete die
erste Stalltür. Weder auf den Sitzstangen noch am Boden war ein
Stück seines teuren Federviehs, dessen schönste Exemplare er auf
Geflügelschauen zur Prämierung gebracht und Preise mit nachhause
genommen hatte. In den abgeteilten Legenestern an der Holzwand
waren neben den Gipseiern frischgelegte, teilweise noch warme
Eier. Sie zeugten davon, dass bis vor kurzem noch lebende Hühner
vorhanden waren. Der wütendängstliche Rudolf stürmte zum nächsten
und übernächsten Stall. Die gleiche Leere! Niemand hörte seine
Flüche oder sah sein bleiches oder zorngerötetes Gesicht oder
ahnte sein vielleicht schlechtes Gewissen, wegen unpünktlich
gezahlter Alimente. Endlich öffnete der verstörte Rudolf den
Futterstall. Was er nun vor sich sah, brachte ihn noch mehr dem
Kollabieren nah. Seine Hühner lagen kopf- und regungslos aufge-
gereiht am Boden und er erstarrte, wie die Vögel. Mord! Das war
sein erster Gedanke. Vorsichtig hob er ein Huhn auf, es war noch
warm und flatterte, als es seinen Kopf unter dem Flügel heraus-
brachte. Seinem Sohn, dem Übeltäter, traute er so eine Tat nicht
zu. Er verdächtigte politische Gegner, Kommunisten, Marxisten.
Diesen Streich telefonisch aufzuklären, konnte er nicht versuchen.
Jeder Anruf zur Parallelstrasse wäre unbeantwortet abgehängt
worden. So musste er in seinem Zorn kochen, was der "Übeltäter"
Eduard gar nicht beabsichtigte. Der hatte nur eine theoretische
Information in der Praxis in grösserem Stil erprobt. Vielleicht
die ersten Anzeichen bei Eduard Schall, sich nicht mit Kleinigkeiten abzugeben. Wenn schon, denn schon! Sicherheitshalber hielt
er sich dem Hühnerhof fern und verzichtete auf Besuche in Haus und
Garten in der nahen Strasse. Der Hühneranschlag wurde erst sehr

viel später zwischen ihm und seinem Vater aufgeklärt, der ihm ver-
sicherte, dass es ihm damals sicher schlecht bekommen wäre, hätte
er ihn auf frischer Tat erwischt. Als der Streich im Hühnerhof
verblasst war, machte Eduard Schall wieder Ausflüge zur Parallelstrasse. Er spielte mit den Hunden im Garten, auf dem ein Turn-
gerät, ein Reck, fest in der Erde verankert war und bestaunte seinen Grossvater väterlicherseits, als der an seinem 70. Geburtstag
auf den Holmen des Recks Fotografen einen Handstand vorführte.
Jungeduard war des Staunens voll und bewahrte das in der Heimat-
zeitung abgedruckte Papierbild lange auf, für immer und unaus-
löschlich eingeprägt in seinem Gedächtnis. Vielleicht regte ihn
dieses Ereignis dazu an, mit dem Wäscheseil auf das gross-
elterliche Hausdach mütterlicherseits zu steigen, sich am Kamin
festzuhalten und Richtung Parallelstrasse väterlicherseits zu
schauen und darüber hinaus, sehr zum Entsetzen der Nachbarn und
der telefonisch informierten Mutter.
Die vorpubertäre, pubertäre und nachpubertäre Zeit , die bei Fran-
ken unverhältnismässig lang dauern kann, verging einigermassen erfolgreich, inklusive des Besuchs des humanistischen Gymnasiums.
Bevor er sich aus der 7.Klasse einziehen liess, hatte er noch
eine Auseinandersetzung vor dem "HJ-Gericht", so etwas gab es
damals. Eduard Schall hatte es als Blödsinn bezeichnet, dass ausgerechnet der dümmste HJ-Führer am Ort an sogenannten Heimabenden
aus Hitler's "Mein Kampf" seitenweise vorlese, da ginge er lieber
mit seiner Freundin zu Geländeübungen ins Grüne. Zum Entsetzen
seiner Familie musste er drei Tage ins Gefängnis.
Eduard Schall wurde Bordfunker in Hermann Görings Luftwaffe, der
1944 der Sprit und später der Luftraum ausging. Dem jungen Flie-

gersoldaten konnte nicht bewusst werden, dass er sich mit oppor-
tunistischer Naivität unter den Oberbefehl eines korrupten Morphi-
nisten begeben hatte. Grossspurig, habsüchtig, eitel und jovial
agierte Göring vor dem Volk, für das Volk. Eduard Schall gehörte
zu den Ahnungslosen, denen erst nach dem endgültigen Chaos die
gebrochenen Persönlichkeitssturkturen der Repräsentanten des
"1000-jährigen Reichs" offengelegt wurden. Das setzte späte Wunden
und Narben. Die Uniform von einst verrottete, aber nicht die Erinnerung an die Ausnutzung seiner unpolitischen Lust, neue Techniken zu erlernen, damals eine der Vorbedingungen der Fliegerei. .
Fünzig Jahre später ergeht es Jungen vergleichbar ähnlich, nur die
Umstände sind verschieden.

Für teures Steuergeld wurde Eduard Schall zwei Jahre in Nordhausen
ausgebildet. Eine Bordfunkerausbildung kostete etwa 200.000
Reichsmark. Der Flugplatz lag ganz in der Nähe des KZ-Lagers Dora,
einem Aussenlager vom KZ Buchenwald. In tiefen Stollen des Harzes
wurden V1 und V2 produziert. Eduard Schall sah die mit Planen
verhängten Raketen auf Tiefladern, wenn sie in Sichtweite des
Flugplatzes vorbeirollten.

In Feldgrau umgekleidet, musste Eduard Schall als Funker einer
Artillerieeinheit beim letzten Aufgebot im Herbst 1944 bei Aachen
die Bombensplitter eines amerikanischen Jagdbombers in Empfang
nehmen. Was die Boing B-17, Flying Fortress, die B-29 Superfor-
tress, ein Jahr zuvor in Nordhausen nicht geschafft hatten, das
erledigte eine de Havilland Mosquito, Ursprungsland Grossbrittan-
ien. Zwanzig Meter weiter entfernt von der Stelle, an der Bomben
den Eduard Schall umeinandergeworfen hatten, lag seit Tagen ein
toter alter Mann in Zivil. Staub und Erde, aufgewirbelt von Grana-

nateinschlägen, hatten den Leichnam etwas zugedeckt, vor der Back-
steinmauer eines Siedlungshäuschens. Man hätte sagen können , wie
von der Müllabfuhr während des Krieges nicht mehr abgeholter Abfall. Niemand kümmerte sich um ihn.

Eduard Schall landete metallgespickt in einem Feldlazarett bei
Aachen. Seit der aliierten Invasion wurden von der deutschen
Wehrmacht etwa 90 000 zusätzliche Lazarettbetten bereitgestellt.
Bevor er narkotisiert unters Messer kam, betrachtete er die blutigen Schürzen und Gummihandschuhe der Chirurgen, die einem
schreienden Landser, der auf einem Nebentisch festgebunden war,
den Unterschenkel mit einer Säge abtrennten, die ähnlich aussah,
wie die seines väterlichen Grossvaters. Der war Ochsenmetzger.
Wieder wach und verbunden, wird Eduard Schall per Bahn im Viehwa-
gen auf Stroh in den Taunus transportiert. Dort hofft er vier Monate lang, mit Hilfe eines menschenfreundlichen Stabsarztes, im
Lazarett das Ende von Weltrieg-II zu erleben. Vergebens.

Als "Vertreter" des Lazarettstabsarztes wurde er 1944 zu einem
privaten Neujahrsempfang eingeladen, der mehr einer Götterdämmerung glich. Am Radio, im Hause eines Internisten, hört er die
letzte Ansprache des "Führers" zur Ardennenschlacht. Er lernt die
Tochter des Hauses sehr genau kennen. Nach der endlich erfolgten
Kapitulation und nach kurzer englischer Kriegsgefangenschaft sah
er sie als "Verlobte" wieder. Zur Berufsvorbereitung wurden
Privatlehrer engagiert. Wegen Parteizugehörigkeit hatten sie ihren
Beamtenstatus verloren. Sie waren darauf angewiesen im Nachhilfe-
stundenlohn etwas Geld zu verdienen. Geistiger Schwarzmarkt 1945.
Eduard Schall büffelte das Wissen nach, das ein Schüler zur Reife-

prüfung brauchte. Reif war er sicher noch nicht, aber mit einer gezielten Energie geladen, die er während sieben Gymnasialjahren nicht besessen hatte. Nach einem Vierteljahr beschieden seine Privatlehrer, Eduard Schall verfüge über das nötige Wissen einer Oberprima. Er war am Ziel, aber noch nicht über der Ziellinie. In Hessen wurde ein extern abzulegendes Abitur abgelehnt, weil Eduard Schall Bayer war. So wanderte er nach München zum Kultusministerium. Er traf auf einen Staatssekretär, der ihm eröffnete, für die Pläne Eduard Schalls gäbe es keine Ausführungsbestimmungen. "Und was ist mit dem viel gerühmten Dank des Vaterlands? Leider bekam ich für Entgegennahme der aliierten Bombensplittergrüsse als einzige Auszeichnung das Verwundetenabzeichen in schwarzem Blech!" "Sie können in die achte Klasse eines humanistischen Gymnasiums eintreten und ganz normal das Abitur ablegen", erklärte ihm lächelnd der etwas kleingewachsene Oberbeamte im bayerischen Kultusministerium. Eduard Schall verliess mit einer betonten Kehrtwendung zur ministeriellen Ausgangstür des Vorzimmers gewendet, grusslos den uneinsichigen, starren Staatsbeeamten. Zunächst deprimiert und mutlos heimgekehrt in seine Planungswelt, wurden Eduard Schall Wege zu offenen Türen und Ohren gezeigt. Ein Benediktinerpater hörte sich Eduard Schalls Problemstory an und erklärte einen Weg, der über das Vorzimmer des Rektors des örtlichen Gymnasiums führen sollte. Die Ergebnisse einer Rektoratsprüfung würden an den Herrn Staatssekretär in München zur Bestätigung geschickt. Dann wäre der Abschluss eines Kriegsteilnehmerkurses mit Hochschulreife möglich. Vorausgesetzt, Eduard Schall konnte die ihm vorgelegten Fragen aller Fächer ausreichend beantworten. Eduard Schall wandte ein: "Aber dieser Staatssekretär

......." der Benediktiner unterbrach: "Das ist nicht Ihr Problem! Mund halten und keinem Dinge erzählen, die wir hier besprachen! Alles ist legal und es kommt eigentlich nur auf Sie an." War es Eduard Schall schon sympathisch, dass Benediktiner Bier brauten und auch, ausser Messwein, tranken, so war er bereit seinen Weg weiterzugehen. Allein deshalb, wenn er sich das Gesicht des Herrn "Staatssekretärs ohne Ausführungsbestimmungen" vorstellte.

Vielleicht dachte er auch an den Hühnerstreich in seiner Jugend. Eduard Schall gehorchte, schwieg und ging zu dem arrangierten Termin für die Ablegung einer Prüfung, die feststellen sollte, dass sein Wissenssstand dem der 8. beziehungsweise 9. Gymnasialklasse entsprach und er somit an einem Kriegsteilnehmerkurs teilnehmen konnte. Er beantwortete die Prüfungsfragen gut oder zumindest ausreichend. Mit Ausnahme im Griechischen, das er nie besonders geliebt hatte. An Biertischen zitierten alte Herren die Ilias inAltgriechisch, um ihre humanistische Bildung zu demonstrieren. Eduard Schall fand das blöd, besonders deshalb, wenn er von den Iliaszitierern ihre Spiesseransichten in deutsch anhören musste.

Sehr viel später, Mitte der 70iger Jahre, las Eduard Schall den Text eines Interviews, das Eugen Kogon im Spätherbst 1937 in Frankfurt mit einem SS-Führer der Burg Vogelsang geführt hatte. Er zitierte dessen Ansichten wie folgt: "Was wir......wollen, ist ein modernes Staatswesen nach dem Muster der hellenischen Stadtstaaten. Diesen aristokratisch gelenkten Demokratien mit ihrer breiten ökonomischen Helotenbasis sind die grossen Kulturleistungen der Antike zu danken. Fünf bis zehn von Hundert der Bevölkerung, ihre beste Auslese, sollen herrschen, der Rest hat zu arbeiten und zu gehorchen. Nur so sind jene Höchstwerte erzielbar,

die wir von uns selbst und dem deutschen Volke verlangen müssen."
Eduard Schall hatte sich die griechische Präposition kakos,
schlecht, gemerkt, die er Manchem anhängte, die er als "Kaka-
demiker" bezeichnete, wenn es angebracht war. Glücklicherweise
begegnete er auch so manchen Persönlichkeiten, die sich verant-
wortungsbewusst von diesen Charakteren sehr unterschieden. Also
Eduard Schall hatte nach Plan, mit Sponsoren und mit eigener Anstrengung die Voraussetzungen erreicht, die Schlüssel zum Tor der
Alma mater waren, wie man die Universität nannte. Aber so einfach
war dieses Tor nicht zu öffnen. Nicht dass Eduard Schall nicht die
passenden Schlüssel in der Tasche hatte, nein, es waren ein paar
Neben- und Hintertüren zu passieren. In München konnte man sich
erst einschreiben, wenn man einen Wohnsitz mit polizeilicher An-
meldung nachwies. Diee bekam aber nur, wer einen Beschäfti-
gungsnachweis oder eine Immatrikulation an der Uni vorlegte.
Gerade das konnte Eduard Schall zunächst nicht. Er war wie eine
Schlupfwespe zwischen zwei Ködern vor und in einem Loch gefangen.
Eduard Schall lernte, was "Beziehungen" und mit einigen "Gaben" in
Form bezugsscheinfreier Schuhe für die Familie N.N. bewirken
konnten. Ein höherer Komunalbeamter mit Einfluss gab ihm auf einem
Wohnzimmersofa vorübergehend eine notdürftige Unterkunft, die
ausreichte eine Zuzugsgenehmigung in München zu erhalten. Nach
einem Jahr Studium in einer Provinzhochschule kehrte er mit dem
Vorphysikum zurück nach München, wo er sechs Monate an der Uni
Schutt wegschippte, Karren mit Sand schob und Steine schleppte.
Aufbaudienst nannte man das. Endlich konnte er sich an der Uni
einschreiben. Auch die Hühner und Hunde des "schönen Rudolf"
hatten zu seiner Studienwahl ihren Beitrag geleistet.

Inzwischen mit der Frau aus der Nacht der Götterdämmerung kurzfristig verheiratet und wieder geschieden, studierend und Eigen-
tümer einer Studentenschusterei schaffte er es zum bestandenen
Examen und nach einer Praktikantenzeit zur Approbation als
Tierarzt, unpromoviert. Diese proforma Doktorarbeiten, als aus-
genützter unbezahlter Hilfsarbeiter eines oft lahmen Lehrstuhbe-
setzers, lagen ihm nicht. Entsprechend seiner in ihm teilweise ge-
weckten und noch schlummernden Talente, verdingte er sich als As-
sistent bei einem Landtierarzt, der ihm in einer milchviehreichen
Gegend, die notwenigen handwerklichen Voraussetzungen im Umgang
mit Bauern und dem lieben Vieh beibrachte. Er besamte, nicht nur
aufnahmewillige Kühe, lernte "Kälbern", was im Lehrbuch Geburts-
hilfe gennannt wurde, kastrierte, untersuchte und versuchte zu
heilen, wo es möglich war. Kurzum er lernte, was für einen Veterinär notwendig war und das bei einem Meister seines Fachs. Bald
richtete er sich eine eigene Praxis ein.
Als Studentenschuster hatte er sich ein Sachsmotorrad verdient,
auf dem er jetzt seine ersten Patientenbesuche machte. Eduard
Schall war auf dem Weg sich den Ruf eines guten Landtierarztes und
Geld zu verdienen. Volkswagenkauf, Wiederheirat, Hausbau, Sohn-
zeugen, arbeiten, fotografieren füllten seine Tag- und Nacht-
stunden aus. Asistenten halfen ihm, zumindest bei den tier-
ärztlichen Aufgaben. Da kam eines Tages ein Landwirt, der seine
Rechnung bezahlte und deutete auf das Praxisschild "Tierarzt
Eduard Schall". "Bischt'jetzt a richtiger Dokter oder net? Da
fehlt doch das "DR" auf dem Schild!", redete der Schlaue listig
blinzelnd. So hiess es für Eduard Schall erneut einen Weg zu
öffnen, um das verdammte "DR" zu erwerben. Er suchte sich in

München einen "Doktorvater". Er bekam ein Thema, das er in seiner Praxis bewältigen konnte, auf Jungviehalpen und in einem Labor, das er sich im Keller eingerichtet hatte. So sass er in seiner freien Zeit am Mikroskop. Handfotografie und Filmkamera setzte er ein. Mietete ein Flugzeug und Pilot, drehte einen Film aus der Sicht, die er vor langer Zeit im Thüringer Zeit uniformiert bei der Sichtnavigation hatte. Die Weiden im Sommer mit dem Jungvieh im Alpenvorland, wo er das ihm gestellte Thema zur Erlangung des "DR" bearbeitete. Im Verlauf seiner Untersuchungen, der Lite-raturstudien, dem Ausdruck seiner Arbeit und einer mündlichen Prü-fung errang er das Prädikat "magna cum laude" und konnte nun sein Praxisschild so ergänzen, dass der listige Bauer nicht mehr daran zweifeln konnte, dass er nun ein "richtiger Tierarzt" sei.

War das für andere ein beruflicher Abschluss, bedeutete es für Eduard Schall, eine neue Herausforderung. Er nahm das Angebot an die Universität zurückzukehren an, packte seinen inzwischen erwor-benen Mercedes voll, bezog eine Dienstwohnung und wurde "Beamter auf Widerruf" mit dem Titel eines wissenschaftlichen Assistenten. Seine Praxis verkaufte er. Zuzüglich und eigentlich völlig unnötig strengte er einen kirchlichen Scheidungsprozess an, bezüglich seiner ersten Ehe. Zunächst gewann er. In der zweiten Instanz wurde wiederrufen und er landete im bischöflichen Ordinariat in München, zog aber sein Interesse an einem "Marsch auf Rom" zur Rota zurück. Zum Entsetzen der nahen und fernen Verwand- und Be-kanntschaft, liess er sich nocheinmal scheiden. Als er in einer Dienstwohnung der Uni nichtsanktioniert einen Sohn zeugte, meu-terte die nahe Kirchenverwaltung. Die Angelegenheit wurde nach einigen gerichtlichen Kämpfen legalisiert. Es, begann für Eduard

Diese Vita Eduard Schall's ist wichtig hier einzufügen, um einige Hintergründe zu verstehen, warum jemand zum Immigranten werden kann, warum ein Eduard Schall ein Immigrations- Visum bei der US-Embassy in Deutschland für sich und seine jetzt angetraute Sandra mit Nachwuchs besorgte, warum er das schwere Gepäck per Schiff über das grosse Wasser expedierte, warum er mit lebendiger Last in's Land der damals schon begrenzten Möglichkeiten flog, warum er sich hoffnungsvoll einer ihm bekannten Berufswelt in einer ihm unbekannten Umwelt auslieferte.

* * *

In Philadelphia

Die Schalls beginnen ihr Haus einzurichten. Eine Nachbarin kommt aufgeregt zur Wohnungstür. Der kleine dreieinhalbjährige Schallsohn spielte nackt im Garten hinter dem Haus und die Nach-barin hatte sein kleines unbedecktes Schwänzchen gesehen. Shocking! Das musste sie den Immigranten gleich klar machen, dass sich sowas in Philadelphia nicht schickt. Trotz des neuen Sexstils auf Kinoleinwand und dem TV-Bildschirm, vor dem sich ihr old spouse, alter Ehemann, abends delektiert, wenn sie ausser Sichtweite oder schon im Bett ist. Also bekommt der kleine Schall eine Badehose übergezogen, damit dem nachbarlichen Puritanismus genüge getan ist.

Max Frey und Johann Kasove geniessen es weiter vor gefürchteten Small Talks ihrer Fachkollegen bewahrt zu sein, fern jener "besseren" Bars, in denen ältlichen Handelsvertretern die Angst vor dem schwer zu verdienenden amerikanischen täglichen Brot oder

der Whiskey im Gesicht steht, wenn sie vor einem teuren Dinner an

der Bar einen Drink mit einer gerissenen Sekretärin nehmen.

Sinclair Lewis hatte solche Szenen fotographisch in seinem Buch

"Babbit" beschrieben.

An einem anderen Tag setzen Max Frey und Johann Kasove ihre

Dialoge bei einem Roastbeefsandwich fort. Der Wirt des Ale Houses

hatte ein köstlich duftendes Drumm Roastbeaf, von der Grösse eines

Truthahns in seinem von heissem Wasser umspülten Rechaud. Auf

Wunsch schneidet er mit einem scharfem grossem Tranchiermesser

dünne Scheiben ab, packt sie in eine Semmel und serviert die mit

Bratensosse getränkten Sandwiches. Max Frey's und Johann Kasove's

Gespräche zeigen, dass es für sie nicht einfach ist, sich nahtlos

in die problematischen Lebensbedingungen eines fremden Landes

einzufügen. Beide kommen aus einem Nachkriegsdeutschland, das ein

Wirtschaftswunder und dessen Folgen mit der Reparatur der

Kriegsschäden an Menschen und Material einschloss. Wohl unter-

scheidend zwischen sozialistisch und sozial, können sie vor Ort an

einfachen Alltagsbeispielen Demokratie, Kapitalismus, Plutokratis-

mus studieren und stellen fest, dass Sozialismus und Kapitalismus

sich so aneinander gerieben haben, dass die Grenzen beider Systeme

verwischt sind. Es ist ihnen klar, dass zunächst der Sozialismus

vor dem krassen Kapitalismus verlieren musste. Johann Casoves Frau

hielt wenig oder nichts von solchen Barhockerdiskussionen. Sie

studierte das amerikanische Leben auf ihre Art. Wie in Österreich

beginnt für sie das Leben in den USA hinter verschlossenen Türen

des Hauses und geöffneten Reissverschlüssen. Für Johann Kasove

endeten nachakademische Langweile nicht vor einem Bierglas,

sondern manchmal nach dem inspizierten Inhalt eines Rocks oder heissen Höschen's. Aber darüber diskutiert er nicht. Er redet auch nur selten davon, dass im Weissen Haus in Washington Nixon als Präsident und Agnew als Vicepräsident regieren und dass Nixon lange vor seiner Präsidentschaft in der MacCarthy Zeit, mitgeholfen hatte Kommunisten, Comi's, vor allem im Bereich der Massenmedien, in Hollywood, zu jagen.

Max Frey: "Nixon nützte in den vierziger Jahren diese Hexenjagden, um politische Gegner als Kommunisten anzuschmieren."

Johann Kasove: "Nixon war kein brillanter Student, aber immer fleissig. Sie nannten ihn "den mit dem eisernen Hintern". Mit 33 Jahren sass dieser harte Arsch im Kongress und wurde 1952 von seiner Partei zu Eisenhowers Vicepräsident lanziert. Jetzt sitzt er selbst auf dem Präsidentenstuhl."

Max Frey: "Ja tricky Dicky ist der, wie die Amis sind und Kennedy ist der Strahleboy, der sie sein wollen. Zusammen mit Agnew, dem Law-and-Order-Mann, huldigt Nixon dem Machiavellismus: "Die Menschen reagieren nur auf Furcht, nicht auf Liebe!".

Nixon und Agnew verloren später wegen nicht korrekter Amtsführung ihre Posten. Viele Jahre später sollte es solche Affären auch in Deutschland geben.

Sowohl Max Frey, als auch Johann Casove sind sich bewusst, dass sie dem "Commissioner of Immigration and Naturalisation - United States Department of Justice - class NP 1 " unterstanden und eine "ALIEN REGISTRATION RECEIPT CARD - FORM 1-151 (REY 9-1-65)" in der Tasche haben. Ins Deutsche übersetzt steht auf dieser Karte: "Diese Karte wird anstelle eines Visums und Passes anerkannt mit der Bedingung, dass der Inhaber dieser Karte in die Vereinigten Staaten zurückkehrt nach einer temporären Abwesenheit von nicht

längerer Dauer eines Jahres und diese nicht Gegenstand eines Aus-
schlusses nach den geltenden Immigrations-Gesetzen ist." Ausserdem
ist vermerkt, dass der "Alien" gesetzlich verpflichtet ist, jedes
Jahr im Januar unter Angabe seiner gültigen Adresse und innerhalb
von 10 Tagen jeden Adressenwechsel dem "Attorny General" bekannt
zu geben. Strafen für Fehler gegen diese Bestimmungen sind
vorbereitet. Die entsprechenden Formulare sind bei jedem Postamt
zu bekommen.

Vielleicht ist es aus der Sicht bestimmter Amerikaner oder ihrer
amerikanischen Kollegen an der Uni unklug oder sogar gefährlich,
wenn Immigranten sich in Bereichen bewegen, die einem niederen
sozialen Status zugeordnet wurden. Ein Bier kann man auch auf dem
Campus bekommen, z.B.im "White Dog Cafe", 3420 Sansom Street, oder
im "Smokey Joe's", wo selten "nichtakademische Elemente" zu finden
sind. Es sind eher Studentenclubs. Dort konnte man Dialoge etwa
folgender Art hören, die man unübersetzt wiedergeben muss:
Student: "I like waterskiing. You to?"
Studentin: "Yes, I do! Very much! I go every year with my parents
to Miami Florida!"
Student: "Oh, that's wonderful!"
Studentin: "Yes, it is!"
Student: "You like my new Porsche?"
Studentin: "Oh I like this sophisticated car! It's very sexy!"

Bulldozer brummen unter den Händen gelber Hardheads. Am Campus wird der Grund vor einem neuen Parkhaus planiert. Das Parkhaus erinnert an einen Bunker in der Normandie. Schmale Aussparungen sind in den Betonwänden, die wie Schiessschharten aussehen. Vielleicht ist das ein Bunker für revoltierende Notfallsituationen, man konnte ja nie wissen. Im Hintergrund hatte man eine kleine Kapelle stehen lassen. Wie eine Entschuldigung steht sie neben dem Betonbunker. Aus braunen Feldsteinen ist sie errichtet und hat eine in Orientrot gestrichene Tür mit schwarzen Beschlägen. Johann Kasove isst ein Hotdog mit Sauerkraut und sieht den Jets am Himmel nach, die vom Airport in Philadelphia gestartet sind, neben anderen die zur Landung einschweben. Flugverbindungen Wien-London-Philadelphia-London-Wien?

Johann Kasove bleiben in Philadelphia als Ersatz für das Wiener Kaffeehaus deutsche Dialoge mit Max Frey und in English heute eine Unterhaltung mit Wendell Johnson, dem schwarzen Schuldiener, dem er zuhört und dessen Haut ungefähr wie eine Wiener "Melange" gefärbt ist.

Wendell Johnson: "Wir hatten heute mit unserer Musikgruppe eine Aufnahme in einem Fernsehstudio downtown."

Johann Kasove: "War alles o.k.?"

Wendell Johnson: "Na ja. der Regisseur wollte nur etwas mehr Bewegung mit mehr Tänzern und so. Wir hatten nur einen Tänzer dabei."

Johann Kasove: "Gute Kameramänner können genug Bewegung aus einer Musikgruppe herausholen, wenn der Regisseur gut schneidet. Gab's wenigstens ein paar Dollar?"

Wendell Johnson: "Spesenersatz."

Johann Kasove: "Wann wird's gesendet?"

Wendell Johnson: "Ist schon, vormittags zu einer Zeit, da nur Arbeitslose und gelangweilte Weiber am Fernseher hocken, sofern sie noch einen haben."

Johann Kasove: "Wie meinst Du das?"

Wendell Johnson: "Wenn Du so fragst, hast Du keine Ahnung, wie das bei uns zugeht. Wir leben gefährlicher als Du. Bei mir haben Sie im Apartment am hellichten Tag eingebrochen. Fernseher, Radio und was sie so greifen konnten nahmen zwei Kerle mit. Sie bedrohten mit einem Messer mein Kind und dessen Mutter. Das Radio habe ich später von einem mit Marihuanha im Wert von fünf Dollar wieder zurückgekauft, der Kerl hatte es von einem anderen Ganoven mit gefälschten Acidtabletten bekommen. Eine Nacht später haben sie ihn umgegelegt, weil er im Dunkeln einem Aspirintabletten als Dope andrehen wollte. Ich will da raus. Ich lebe mit dem Kind und seiner Mutter wie in einem dreckigen, kriminellen Ghetto."

Johann Kasove: "Du musst da raus. Hättest Du Deinen Highschool-Abschluss gemacht, dann wärst Du jetzt besser dran."

Wendell Johnson: "Ja, ich weiss das. Aber es ist zu spät. Ich bin froh einen Job als Schuldiener zu haben, muss sehen wie ich durchkomme und nebenbei will ich ja noch etwas Spass am Leben haben."

Der Schuldiener Wendell Johnson, am Missisippi aufgewachsen, war frühzeitig aus der Schule abgegangen, ein "drop out", wie das in den USA hiess. Von zwei schwarzen Brüdern war er der weniger Erfolgreiche im Leben geblieben, wenn man die Collegeerziehung seines Bruders und dessen politische Laufbahn, als lokaler Kandidat einer Partei, als Massstab anlegt.

Wendell Johnson: "Du als Immigrant aus Europa kannst Dir nicht vorstellen, was es bedeutet, wenn Dich ein Schulkind mit "Mister" anredet. In Missouri hiess es "Hey, B o y"! Du weisst wirklich nicht, wie das klingt in den Ohren eines Schwarzen, wenn Du "Mister" gerufen wirst!"

Johann Kasove: "Du könntest in unserem Viertel ein Apartment haben, billige Miete inklusive Strom, wenn Deine Haut wenigstens gelb wäre. Mein Landlord hat drei Häuser. Eines konnte ein chinesischer Doktor beziehen. Sonst vermietet er nur an Weiss."

Wendell Johnson: "Ja, ich kenne die Landlords."

In einer Zeit bevor Wendell Johnson bei den Ledernacken morden lernte, nützte er seine 1.90 m in einer schwarzen Baseballmannschaft. Für ein Sonntagsnachmittagsspiel war dieses Team auf den Sportplatz eines Vororts eingeladen, um gegen die weissen Suburbboys zu spielen. Es sollte ein Freundschaftsspiel sein. Die schwarzen Burschen hatten nicht viel Geld und kamen, eingepackt in einen alten, klapprigen Lastwagen, am späten Sonntagvormittag an. Die Vorortluft war gewürzt mit frommen Gesängen aus einer nahen Kirche. Vor sauberen Häusern blühten Magnolienbäume und Rhododendron, dazwischen war der Rasen in englischem Countrystile kurz geschnitten. Durch die Löcher der Lastwagenplane sahen die Burschen aus Philadelphia auf fruchtbeladene Hüte, grossblumige Kleider und Spitzenblusen, in denen Rundungen in BH's fest verankert waren. Alles war clean, geordnet und bunt. Langsam summend kam ein frischpolierter Streifenwagen des örtlichen Policedepartments um eine Kurve, an der ein rotes Stopschild etwas von sanftgrünen Blättern an den Ästen eines Baums überdeckt war. Nur das "Watch Children" auf gelben Schildern war gut zu lesen.

Die rosigen Backen der blauuniformierten Polizisten glänzten frischrasiert in den goldenen Strahlen der spätmorgendlichen Sonne. Der Policecar fuhr vor den klapprigen und verschmutzten Lastwagen und stoppte ihn. Ein Polizist stieg aus dem Streifenwagen, rückte sein Koppel mit dem Colt an den Hüften zurecht, wie er es im Fernsehen bei John Wayne gesehen hatte und schlug die Lastwagenplane zurück. Im Sonnenlicht glänzte ihm das Weiss von zweiunddreissig Augäpfeln entgegen, die ihn aus sechzehn halbwüchsigen schwarzen Köpfen ohne Falsch anstarrten. Der Blauuniformierte wollte das zunächst nicht glauben oder meinte, er hätte eine Räuberbande vor sich. Wie und warum kamen diese Burschen, die noch dazu schwarz waren, in einem solchen Vehikel nach Suburbia? Er ging zurück zu seinem Kollegen Ortspolizist. Sie hatten ausser der Schlichtung einer Eifersuchtsszene eines anägetrunkenen Eheweibs schon lange nichts Wichtiges zu tun gehabt. Sie bedeutetem dem Fahrer des Lastwagens ihnen zu folgen. Am Polizeirevier angekommen, empfingen zwei über Funk alarmierte Kollegen in Uniform diesen seltsamen Sonntagsfang. Am Mast knatterte die amerikanische Flagge, als die noch nicht als Baseballmannschaft Identifizierten aus dem Lastwagen kletterten und sich vor den mit gezogenen Revolvern dastehenden Polizisten an die Wand stellen mussten, Hände hoch, Beine gespreizt. Sachkundig wurden sie nach Waffen abgetastet. Der Lastwagen wurde durchsucht. Ausser Sportausrüstung wurde nichts Verdächtiges, abgesehen von den Baseballschlägern, gefunden. Nachdem einige Telefonanrufe mit Funktionären des örtlichen Sportkommites geklärt hatten, dass keine Räuberbande in Suburbia eingefallen war, wurde der Weg zum Sportfeld frei gegeben. Ein etwas verkrampftes Lachen der Polizisten, die ihre Colts wieder in die Halfter gesteckt hatten, sollte als Entschuldigung gelten.

Wendell Johnson: "Ihr könnt Euch denken, dass das alles besser war, als Wochen harten Trainings auf dem Spielfeld. Wir spielten wie nie zuvor. Die weissen Hundesöhnchen hatten keine Chance gegen uns. Trotzdem gabs Donats und Cola am Spielende und einen fairen Händedruck."

Im Hause Johann Kasoves läutet das Telefon.

Max Frey: "Johann?"

Johann Kasove: "Ja, was gibts?"

Max Frey: "Hast Du heute abend Zeit? Ich habe einen Deutschen kennen gelernt, der ganz in unserer Nähe wohnt. Er arbeitet an der Uni. Eduard Schall heisst er. Geht's bei Dir um 6 Uhr in "Smokey Joe's"?

Johann Kasove: "Sicher, ich muss nur Ella Bescheid geben!"

Max Frey: "Ist die nicht Kummer gewöhnt als akademische Strohwitwe?"

Johann Kasove: "Sie hat den akademischen Unizirkus satt und glaubt, wir müssten endlich mehr Geld bekommen!"

Max Frey: "Natürlich hat sie recht, aber ich habe noch kei-ne Dozentenfrau getroffen, weder made in Germany noch in Austria, die glücklich und zufrieden auf ihren spät heimkehrenden akademischen Sklaven gewartet hat, den ein paranoider Ehrgeiz zum Aushalten anfacht."

Johann Kasove: "Ach, hör auf! Die Ballade vom importierten academicus europäus errectus kennen wir doch auswendig und spätestens nach zwei Jahren Amerika erleben wir den Strohwitwenkoller. Das ist gar nicht neu. Also bis später!"

Das Treffen mit Eduard Schall musste auf unbestimmte Zeit verschoben werden. Johann Kasove musste zuhause wiedereinmal private Probleme zu lösen versuchen.

Eduard Schall steht an der Ecke 38. und Sprucestreet nahe der Verkehrsampel und wartet auf grün. Der Spätnachmittag ist heiss und Eduard Schall hungrig. Auf seiner Timexuhr ist es kurz nach fünf.

Lenz Larsen aus der Vet-School kommt vorbei.

Lenz Larsen: "Hey, Eduard! Machen Sie's gut, ich fliege morgen!"

Eduard Schall: "Wohin?"

Lenz Larsen: "Nach Kopenhagen, zurück zur Kultur! Good by!"

Eduard Schall: "Oh, viel Glück." Lenz Larsen ist Däne.

Unter vielen Immigranten war Nationalismus weit verbreitet, "dänischer als dänisch", "deutscher als deutsch" und in Europa "amerikanischer als amerikanisch".

Downtown in Philadelphia fährt vor einem Kaufhaus ein dunkler Strassenkreuzer vor. Er hält direkt vor dem Haupteingang. Auf dem Dach des Autos ist ein Blaulicht befestigt. Zwei Zivilbeamte steigen aus, öffnen die rückwärtige Tür und zerren eine Schwarze heraus. Ein Streifenwagen der Police fährt vor. Die Cops in Uniform langen in die Hinterfront ihrer Uniform und holen Handschellen heraus. Eine Menge von Passanten säumt neugierig die beiden Policecars. Der weinenden Schwarzen werden die Hände am Rücken kurzgeschlossen und sie wird in den Streifenwagen verladen und abgefahren. So kann in USA Policepower brutal an einer schwarzen Frau demonstriert werden. Für einen Europäer, der das beobachten muss, eine unverständliche Gewaltmassnahme.

Eduard Schall will heute nicht Fastfood, Spaghetti mit Tomaten-

und Hackfleischsosse essen, dazu aus einer Papptüte Milch mit dem Plastikhalm saugen, während im Büro ein alter Airconditioner rattert, ab und zu die Telefone in den anderen offices läuten. In Eduard Schalls Sprachdenken vermischten sich immer mehr Angeboren/ Erlerntes mit dem, was ihm später einmal als "Amerikanismen" angelastet werden sollte. Es störte ihn nicht.

Nachdenklich schaut er Lenz Larsen nach. Morgen früh würde er mit Sandra und den Kindern nach Atlantic City fahren, das neue Motorboot, ein seven feet Trihaulboat, launchen und am Tag schwimmen und gegen Abend dogfish, sandsharks, fangen am Fishing Peer. Die Fahrt auf den Strassen durch New Jersey mit den sich an beiden Seiten hinziehenden Wäldern oder vorbei an den blühenden Bäumen der Suburbhomes, war allein schon eine Erholung.

Eduard Schall arbeitet gern und mit einer gewissen Freude an dieser Universität von Pennsylvanien. Er hat eine Aufgabe bekommen, die ihn ausfüllt. Er bildet Seniorstudenten in der Kunst der Diagnostik von Herzkrankheiten und deren Therapie mit allen zur Verfügung stehenden Möglichkeiten aus, was ihm an einer europäischen Uni, die er verlassen hatte niemals geboten war. Hier werden seine Talente geweckt und gefördert. Er kann zumindest soviel Geld verdienen, dass er mit Kind und Kegel als Immigrant gut lebt. Ein Sparkonto erübrigt sich. Der interne Aufbau einer akademischen Ausbildungsstätte in den USA war ein ineinander verzweigtes Departmentsystem, komplizierter, aber auch effektiver und vor allem nicht so starr, wie vergleichsweise in Deutschland. Ein Dozent ist ein mittleres Rad mit mehreren Chiefs über sich, mit denen er Fach- und Sachprobleme übers Telefon oder im persönlichen Gespräch erledigen kann. Hier wird Kritik als Vitamin der Verbesserung angesehen, während die Mobilisierung der Kreativität in Forschung und Lehre in Deutschland durch die Selbstherrlichkeit vieler einbetonierter schlauer Lehrstuhlinhaber verhindert wurde und wird. Die Entrümpelung einer verstaubten deutschen Uni-architektur konnte nicht oder schwer gelingen, solange unter den Talaren der Muff von tausend Jahren konserviert wurde. Im Falle des ehemaligen deutschen Klinikchefs Eduard Schalls, der ein politisches Ost-Westgefälle gerissen ausgenutzt hatte, um in Westdeutschland einen Lehrstuhl zu erobern, mussten Assistenten im Dunstkreis des unangenehmen, absolutistischen Führungsstils eines eitel seine Macht gebrauchenden Spiessers leben und arbeiten. Eduard Schall hatte eine andere Mentalität und den Mut, unange-nehme Dinge anzugehen. Er wusste, dass Fitness etwas mit Analyse, Training und Schweiss zu tun hat. In diesem Punkt hatte schon ein deutscher Student während seiner Ausbildungszeit gar keine Chance Hand anzulegen, abgesehen davon, dass er seinen Mund zu keiner Meinungsäusserung öffnen durfte. Ein Tudorsystem, das die Aus-einandersetzung zwischen Lehrer und Lernenden in Theorie und Praxis fördert, lehnten deutsche hohe Schulen ab, denn das hätte Arbeit und Selbstkontrolle in der Lehre bedeutet. Das waren alles bekannte hausgemachte Probleme der hohen Schulen in der deutschen Nachkriegszeit bis hin zum Wirtschaftswunder. Die Zeiten, da deut-sche Universitäten einmal Modell für den Rest der Welt waren, sind vorbei. Zweitklassige Seilschaften fördern oft die dritte und die wieder die vierte Garnitur. Aber dieser Trend gilt auch für Hier-archien in Ämtern, Parteien, Massenmedien und Grossfirmen. Darüber schreibt ein Autor, Josef Joffe, der an deutschen und amerika-nischen Universitäten unterrichtete, auch wörtlich: "Indes ist die

Zahl derer, die mit den Füssen votieren, zu klein, um den Moloch Universität aus seinem Dämmerschlaf zu wecken. Er darf weiter- schnarchen, weil niemand es wagt, ihn aufzustacheln - weil der Status quo uns besser passt als die brutale, weil so lange verschlampte Reform im Namen von Anspruch, Leistung und Exzel- lenz.".

Eduard Schall erledigt Ende der 60iger Jahre an der Universität von Pennsysvanien zusammen mit einer Sekretärin seinen anfallenden Schriftverkehr und schreibt einige wissenschaftliche Artikel. Er verbessert seine Englischkennnisse in Abendkursen und bemerkt da- bei, dass er europäisch zu denken und formulieren nicht so leicht verlernen würde, trotz der sich bei ihm eingenisteten "Amerika- nismen". Von sprachlich toleranten Amerikanern hört er öfters: "Oh, I know, what you mean!". Er hatte seine Muttersprache im offiziellen Sprach- und Schriftverkehr zwar verloren, sein Akzent wurde besser und im Grunde genommen stört es ihn vorläufig wenig, wenn ein Dean in Ohio auf einem Kongress meinte, dass selbst ein Australier für ihn ein Ausländer sei und bleiben würde. Ähnliche Äusserungen kannte man auch in Deutschland, wo manche Querulanten gegen einen "Amerikanismus" Front machten, ohne ihn wirklich in seinen guten und weniger guten Seiten je kennengelernt zu haben. Bei Eduard Schall kumulierten solche Ansichten und andere Dinge, die einem Nichtamerikaner unter die Nase gerieben werden, schmerzlich erst viel später. Eines weiss er, wer im Ausland bei der Arbeit zufrieden sein wollte, brauchte im Rücken eine Frau als Partnerin, die ihn voll unterstützt. Er sollte Gelegenheit haben, dieses Thema mit Johann Kasove zu diskutieren, wenn auch erfolg- los. Sandra Schall würde wie Ella Kasove diesem Immigrantenstress unterliegen. Noch überdeckte sein beruflicher Ehrgeiz manche Kalamitäten, die man im Leben eben in Kauf nehmen musste. Er hatte ja schon genug erfahren und war kein Greenhorn mehr, jedenfalls meinte er das und ging weiter ungebrochen seinen Weg im Alltag.

Über der alten Stadt ist der Himmel dunkel geworden. Philadelphia schmückt sich mit Lichtern wie eine alte Dame, die sich mit blitzenden Steinen ein bisschen behängt, um fröhlich zu werden, wenn sie Freunde besuchen. Max Frey fährt über die Benjamin Franklin Bridge. Er sitzt in seinem italienischen Auto, das nicht soviel Sprit wie die amerikanischen Strassenkreuzer frisst. Sein Magen knurrt, am Radio wird ein harter Gitarrenrhythmus geschlagen und aus rauhen Kehlen tönt es monoton: "Power to the people, power to the people.....". Vor einem Chinarestaurant parkt er. Im Lokal die sweet music, sanft im Hintergrund. Er isst Egg drop soup, Egg roll, Reis zu einer Mischung von Gemüse und feingeschnittenem Fleisch und Krebsen, eingehüllt in eine helle weiche Sosse. Dazu trinkt er grünen Tee. Neben seinem Teller liegt ein "surprise cooky", das er öffnet, nachdem er bezahlt hat. Auf einem blassrosa Zettel liest er: "Sombody will fuck you!", das fuck ist undeutlich geschrieben, vielleicht damit dem Koch keine Schwierigkeiten entstanden, falls der Text vor die falschen Augen kam oder die Chinesen wollten ihn etwas munter machen oder eine Chinesin offerierte ihm einen bestimmten "Nachtisch". Max Frey schüttelt den Kopf und macht sich auf den Heimweg. Auch er hat Lust auf ein erholsames Wochenende.

Am Beginn der Woche erzählt ein Student, der mit einem Stipendium des Schahs von Persien in Philadelphia studiert, Eduard Schall, was ihm am Wochenende passiert war.

In einer dunklen Ecke des Universitätsviertels stellten ihn zwei etwa Sechzehnjährige. Er musste seine Hände hochheben und das Gesicht zur Wand drehen. In seinem Rücken spürte er die Spitze eines Messers und vor sich den Lauf einer Pistole. Sie holten Geld, seinen Personalausweis und Scheckformulare aus den Taschen.

Erster Räuber: "Män, wir nehmen heute nur Dein Geld. Die Schecks kannst Du behalten. Wir legen Dich nicht um, Du hast ja eine braune Haut, wie wir. Gehst Du zur Police und jammerst den Cops was vor, besuchen wir Dich, Deine Adresse haben wir ja. Es ist uns dann egal, ob Du eine Haut hast wie wir. Wir singen Dir dann das Lied "KILL BABY, KILL"! Kapiert Män?"

Student: "O.k."

Zweiter Räuber: "Willst Du nicht "thank you" sagen, Män?"

Student: "Thank you."

Johann Kasove hatte das Wochenende damit verbracht, seine frustrierte Frau anzuhören.

Ella Kasove: "Eduard, das Frühstück ist fertig!"

Eduard Kasove: "Ich auch!"

Ella Kasove: "Das weiss ich schon lang' und mich machst Du fertig, wenn Du unserer Tochter rassistische Vorträge hätst."

Johann Kasove: "Fang nicht schon wieder so einen Blödsinn an."

Ella Kasove: "Oh nein, ich kann Dir das gar nicht oft genug sagen, wenn ich Dich schon einmal nicht hinter Büchern und Schreibmaschine verschanzt vor mir habe. Du bist ein Rassist!"

Johann Kasove: "Ella sei nicht hysterisch! Ich bin kein Rassist!"

Ella Kasove: "Oh ja, Du schimpfst auf Schwarze, Du schimpfst auf

Johann Koasove: "Du spinnst! Ich nenne einen Schwarzen "Bastard",
wenn er einem 8 Jahre alten Mädchen, das Deine Tochter ist, den
Quarter abnimmt, mit dem es zum Eiswagen geht. Und ich schimpfe
einen Siebenjährigen, der zufällig Jude ist, einen verdammten
Lümmel, weil er in einen Kinderwagen, in dem ein 6 Monate altes
Baby liegt, einen Stein schmeisst und dabei die Milchflasche
zerschlägt!

Dann bin ich ein Rassist? Du tickst doch nicht richtig!"

Ella Kasove: "Ja rede Dich nur wieder 'raus!"

Johann Kasove: "Ella Du bist krank! Du willst mich nur immer an-
greifen und nützt jede Gelegenheit mir in den Rücken zu fallen! Du
hättest ein Wespenweib werden sollen, das sich von einem geilen
Wesperich befruchten lässt, der nach dem Fortpflanzungsgeschäft
wegstirbt, damit spätere stichhaltige Diskussionen entfallen,
allerdings auch Alimente oder "Hosenstallgeld", wie es in Frankreich heisst!"

Ella Kasove: "Ach hör'doch auf! Ich habe den ganzen Quatsch so
satt, den Zirkus hier mit Dir und Deinem verfluchten akademischen
Leben. Alles reizt mich zum Kotzen!"

Johann Kasove: "Du bist und bleibst eine Troublemakerin! Nur habe
ich das zu spät erkannt!"

Ella Kasove: " Und Du, Du bist und bleibst ein Idiot und das
erkannte ich zu spät!"

Johann Kasove: "Ja, das muss ich wohl gewesen sein, als ich dachte
wir könnten zusammen ein ruhiges Leben führen, wenn ich hier meine
Studien abgeschlossen habe."

Ella Kasove: "Wenn ich das schon wieder höre! Studien hier, Studien dort! Wann wirst Du endlich einmal genug Geld machen, damit

wir einen Urlaub etwas weiter weg vom Delaware machen können? Alle
seid Ihr gleich, Du und der Max und der Eduard und...und alle, die
ihr Veröffentlichungen schreibt mit viel statistischer Signifi-
kanz, mit Beweisen für den Besweis, dass der Herr Dr. Scheissmeier
vor zehn Jahren Mist produzierte! Ein Kongress hier, ein Kongress
dort! Jeder dreht sich wohllüstig in der bekannten Scheisse! Ihr
seid alle wohllüstige alte grunzende Säue! In ein Kloster gehört
ihr gesperrt, damit ihr mit Eurer Wissenschaft onanieren könnt,
solange es Euch Spass macht und Ihr noch spritzen könnt, ohne in
die Verlegenheit zu kommen, irgendein weibliches Wesen so weit zu
bringen, auf Euren Schleim zu kriechen oder sich mit gespreizten
Beinen für ein Taschengeld ab und zu zur Verfügung zu stellen oder
Euch einen runterzuholen! Wo sitzen und liegen denn alle die
Weiber den ganzen Tag oder halbe Nächte, wenn ihre der Wissenschaft nachrennenden Spinner nicht zu Hause sind? Was machen diese
armen Weiber denn? Kinder versorgen, rechnen, was von dem bisschen
Gehalt übrig bleibt, dass ihr europäischen Brainsklaven von den
Amis bekommt, mit der Auflage, nur ja keinem vernünftig denkenden
Menschen zu erzählen "WIEVIEL" sie Euch im Jahr bezahlen. Und so
tanzt Ihr alle um dieses blecherne akademische Kalb herum und
schämt Euch nicht? Da ist doch für mich jeder Zuhälter ein ausge-
wachsenes Mannsbild, ein Kerl, der etwas in der Hose und im Geld-
beutel hat! Kein Wunder, dass manche Amiweiber zur Flasche oder
zum Postboten greifen......"
Johann Kasove: "Also ein Postbote hat zumindest nicht viel G e l d
in der Hose.....!"
Ella Kasove: "Red' Dich nicht raus! Ihr Schweine wisst ja gar
nicht in welche Situation der Einsamkeit Ihr uns gebracht habt!

Ihr verdammten Schweine, Mistkerle, Egoisten....."

Johann Kasove: "Mach Dir nur Luft, die stinkt! Statt etwas zu lernen hast Du Deinen Bauch hingehalten und Dir Kinder machen lassen, die irgendjemand wie ich dann ernähren darf! Heute sagst Du: "Mei. wie steht er Dir gut!" und schaust auf meinen Hut, früher meintest Du etwas anderes!"

Ella Kasove: "Oh Du Scheisskerl, sag bloss jetzt nicht wieder, ich sei destruktiv! Vielleicht liest Du einmal in einem amerikanischen Psychologiebuch nach, was ich einen kreativen neurotischen Ochsen nenne!"

Johann Kasove: "Ach, leck mich doch am Arsch!"

Ella Kasove: "Ja. jaaa, Du mich auch, aber so schön wie früher!"

Ella weint, Eduard packt eine Tasche, eine Tür kann er nicht zuknallen, da ist keine zum oberen Stockwerk an der Treppe, in seinem Arbeitszimmer holt er das nach. Ein Mann sollte genug Geld für und Macht über zwei Frauen haben, denkt er, eine Marylin M. zum absamen und eine Jacky K. zum Auftanken von Gehirn und Repräsentation. Das alles in einem Weib zu finden ist schwierig. Er hört noch die Haustüre zuschlagen, Ella ist auf dem Weg zu einer, nach ihrer Meinung, Leidensgenossin oder zu einem Ihrer "Schüler", junge Burschen, denen sie Deutschunterricht gibt und nebenbei, wie Johann Kasove wusste, Reissverschlüsse öffnet. Zu spät, schon in den Fangarmen der Geilheit mit erigiertem Penis liegend, nach dem bekannten Landserspruch: "Wenn der Schwanz steht, ist der Verstand im Arsch", hatte Eduard Schall nach der Hochzeit in Erfahrung gebracht, dass Ella mit 16 junge Männer anlocken musste, die im Bett ihrer Mutter landeten und dann zu ihr überwechselten.

Bei Eduard und Sandra Schall sollte es noch einige Zeit dauern, bis sie dieses Dialogstadium der Kasoves erreichen würden.

Nachdem er ein paar mal tief durchgeatmet hat, wie er das öfters nach ähnlichen Attacken von Ella zu tun gewohnt war, setzt sich Johann Kasove an die Schreibmaschine. Der Krach mit Ella hatte ihn in die richtige Stimmung gebracht. Er will schon lange sein "Jesus 70" schreiben, einen fiktiven Dialog zwischen Gamaliel, dem Berufsfischer, der lange Jahre seine Netze am See Merom nördlich vom See Genezareth auslegte, und seinem im Austrag lebenden Freund Joseph. Gamaliel traf öfters Joseph, den Vater des Jesus von Nazareth, wenn dieser im Kisonfluss angelte, weil er an manchen Tagen mit Maria nicht so recht klar kam, ohne deshalb mit ihr zu streiten, denn er war ein ruhiger, besonnener Zimmermann.

Joseph: "Der Ostwind ist heute schlecht. Kein Fisch beisst bei so einem Wetter."

Gamaliel: "Gegen abend werden sie beissen."

Joseph: "Die Dörfer von Judäa und Samaria sind voll von Flüchtlingen aus Jerusalem."

Gamaliel: "Ja, Dein Sohn, der sich längere Zeit Jesus nannte, richtet auch nach seinem Tod einige Verwirrung unter den Gläubigen an. Er war doch Dein Sohn?"

Joseph: "Du weisst doch, als ich die 16jährige Maria bei mir aufnahm, hatte sie auf übernatürliche Weise, wie sie meinte, das Kind empfangen und war Jungfrau geblieben. Wie Du weisst, kam das dann auf dem Weg zur Volkszählung des Herodes im Stall von Bethlehem zur Welt. Ich mag darüber nicht mehr viel reden."

Gamaliel: "Maria war schon damals eine gute Jüdin, die man oft hinter unseren Bänken im Frauenabteil des Tempels sah."

Joseph: "Sie brauchte das Geheimnisvolle der Tempelzeremonien und lange nachdem wir aus Betlehem zurück waren, brachte sie den grossgewachsenen Jungen, der für die Leute des Zimmermanns Sohn war, zum Tempel. Sie wollte ihn, wie sie sagte, Gott weihen. Sie war dann sehr stolz, als er mit 12 Jahren die Schriften in einer neuen, für manche zu freien Art, auslegte, mit dem unbedarften Mut des Kindes, wie ich damals meinte. Maria glaubte an ihr Wunderkind und war enttäuscht, als der Sohn vom 12.bis 30. Lebensjahr ein normales Leben führte und ausser der Zimmermannsausbildung bei mir keine besonderen Fähigkeiten zu entwickeln schien. Das kam erst nach einem längeren Aufenthalt in der Wüste. Ich dachte damals, Hitze und Durst hätten ihn verwirrt."

Gamaliel: "Sie war doch so stolz darauf, dass der Junge in Betlehem der Stadt Davids geboren war."

Jopseph: "Ja, zuerst wollte sie das Kind David, Liebling, nennen. Sie sammelte Geschichten des eigentlichen Begründers des jüdischen Reiches und las sie an langen Winterabenden dem Jungen vor."

Gamaliel: "Das war doch der Sohn Jesses, der als Hirte Zitherspielen lernte und bei König Saul Waffenträger wurde. Das wäre nichts für Euren Jungen gewesen."

Joseph: "Ja, aber dieser David führte ein Leben, das Maria dem Jungen zusammenbaute, wie ich meine Zimmermannsarbeit. Sie erzählte vom grossen Leben David's, wenn die Öllampe flackernde Schatten an die Wand unserer armen Behausung warf. Sie vergass auch nicht zu erwähnen, dass David sein Leben nur mit Schlauheit erhalten konnte, nachdem er Goliath besiegt hatte, ein Volksheld war und deshalb von König Saul mit Eifersucht und Neid verfolgt wurde."

Gamaliel: "Erzählte sie ihm auch, dass David, als er König war,

nicht nur die Nachbarvölker, sondern auch die Frau seines erfolgreichsten Feldherrn, Urias, unterwarf und nach dem Tod des Urias
sie zu seiner Königin machte?"

Joseph: "Sie erzählte von Bethsabe und David und deren gemeinsamem
Sohn Salomon, der als weiser Richter und König Israels bekannt
wurde. Von der erotischen Dichtung "Das hohe Lied des Salomo"
schwieg sie sich aus. Ich weiss gar nicht, ob sie die überhaupt
kannte."

Gamaliel: "Du erwähntest vorhin Eure arme Behausung. Verdientest
Du nicht gut?"

Joseph: "Du weisst, wie das ist, wenn einer keinen anderen Ehrgeiz
hat, als die Pläne für seine Holzkonstruktionen zu lesen und die
in der Praxis umzusetzen, statt mit geldigen Leuten ein paar Gläser Wein zu trinken, um mit denen vernünftig zu reden, bevor der
Wein in die Köpfe steigt, damit es leichter ist, einen grösseren
Auftrag für einen Bau im besseren Viertel zu bekommen. Ich habe
meinen Most immer mit den Bauern und Fischern getrunken, deren
Häuser und Scheunen ich baute und ausbesserte. Dabei wurde ich
nicht reich, aber leben konnten wir davon."

Gamaliel: "Ich verstehe. Genau so wie wir Fischer im Merom Fische
für die Hungrigen für Kleingeld fangen und keine Touristenin-
dustrie aufziehen, um mit den Booten gelangweilte Fremde für teures Geld zum Angeln auf grössere Fische hinauszufahren. In manchen
Häfen machen sie heute viel Geld, besonders mit Touristen aus
Rom."

Joseph: "Und verdienst Du mehr Geld, kommen die Steuereintreiber
und nehmen Dir auch wieder viel Geld ab, weil die römischen
Landpfleger ihre Finanzen aufbessern müssen."

Gamaliel: "Aber unsere Pharisäer mögen den Herodes Agrippa, weil er Geld für Jerusalem ausgibt."

Joseph: "Alles ist Geschäft."

Gamaliel: "Hattest Du nicht einmal einen Auftrag für den Tempel in Nazareth?"

Joseph: "Ja, als der Junge mit 12 dem Rabbi durch gescheite Reden auffiel, holten sie mich zu Ausbesserungsarbeiten am Tempel und einigen Häusern des Kirchenbeirats, aber dann war Schluss, weil sie die alte Wäsche von Maria, dem Jungen und mir wieder wuschen."

Gamaliel: "Als sich Dein Sohn Jesus von Nazareth nannte und in der Öffentlichkeit gegen die Pharisäer wetterte und dabei einige überlieferte Bräuche angriff, bekamst Du das auch zu spüren?"

Joseph: "Sicher. Ich bekam keine Aufträge mehr. Nur noch heimlich arbeitete ich in der Tenne hinter verschlossenen Türen bei einigen alten Freunden, wie zum Beispiel bei Dir. Trotzdem blieb mir genug, um leben zu können. Ich hatte eine regenfeste Hütte, ein Bett, einen Ofen, Tisch und Stühle und ein Weib, das still und zufrieden war, nicht zuletzt deshalb, weil sie betete, dass ihr Traum in Erfüllung gehe. Jedenfalls glaubte sie das, als der Junge vom Himmelreich, Erlösung und Gerechtigkeit zu den Leuten redete, die ersten Lahmen wieder gehen konnten und sein Ruf bis nach Jerusalem drang. Maria war zu dieser Zeit im Geiste weit weg von mir, aber das war ich gewohnt."

Gamaliel: "Aber die Reden gegen die Pharisäer und Saduzäer und der Skandal im Tempel, als er die Tische mit dem Geld umstiess, missfiel doch Maria."

Joseph: "Sie meinte, der Junge sei zu fanatisch geworden. Mit solchem Zorn hätte er nicht vorgehen dürfen, das sei für einen Jesus unwürdig, wäre sie bei ihm gewesen, hätte er sich sicher zurückgehalten. Aber ich verstand ihn. Von dieser Zeit an grüssten mich die meisten am Ort nicht mehr. Doch mich kümmerte das wenig."

Gamaliel: "Ich besuchte zu jener Zeit eine Fischerkneipe in Carphanaum, dort redeten sie von Religionsfanatikern, die unter Führung eines Bastards durch die Lande zogen, Leute gesund machten, denen sie wegen einer Erlösung von diesem armseligen Leben in den Ohren lagen. Sie verstanden es überhaupt nicht, dass zwei gute Fischer, wie der Simon Petrus und Johannes, Beruf und Familie im Stich liessen und sich dieser Bande anschlossen, die im Land herumzog und genau so, wie dieser Jesus von Nazareth, zu reden anfingen. Fischer waren nach ihrer Meinung nicht dazu geboren, aufrührerische Reden zu führen. Fischer müssten ihr Gewerbe ruhig und nicht laut schreiend ausüben, wie diese Spinner und Weltverbesserer! Ich habe mich damals nicht weiter ereifert und zugehört und daran gedacht, dass das ja vielleicht Dein Sohn war und ich Dich als ruhigen normalen Zimmermann kannte. Aber das konnte ich denen natürlich nicht sagen, sonst hätte ich nicht in Ruhe essen und trinken können. Jedenfalls konnte ich mir auf dem Heimweg das alles nicht recht zusammenreimen. Dein Sohn oder Nichtsohn war für mich ein Weissfisch und die Geschichten, die ich anhören musste, schilderten ihn als Raubfisch. Wo und wie sollten dem Weissfisch die Zähne gewachsen sein?"

Joseph: "Wie ich sagte, ich nahm das nicht so ernst, wie Maria, als er schon mit 12 durch kluge Reden auffiel. Er war bei der Arbeit immer ruhig und wir haben nie über religiöse oder polititische Dinge gesprochen. Ich nehme an, solche Diskussionen fanden hinter meinem Rücken mit Maria statt."

Gamaliel: "Soweit ich das alles verstehe, strickte er Netze zwischen sündigem Leben und Erlösung und liess in den Maschen die fetten Pharisäerfische zappeln."

Joseph: "Und bald hatte er die ganze Gesellschaft mit Titeln und Einfluss in der Hauptstadt und dem jüdisch-orthodoxen Reich gegen sich. Um das zu erreichen brauchte er nur 3 Jahre! Ich konnte ihm sowenig wie Maria beistehen!"

Gamaliel: "So kam es, dass die hohen Priester den Revolutionär den Römern auslieferten."

Joseph: "Pilatus, der in Rom nicht besonders gut angeschrieben war, wollte sich schlau aus der Affäre ziehen. Er machte den Jungen lächerlich, zeigte ihn dem Volk als verwundbaren Menschen und meinte das genüge, um den "Sohn Gottes Kult" damit auszulöschen."

Gamaliel: "Vielleicht kümmerte sich der arrogante Pilatus zunächst als Römer gar nicht um ein jüdisches und religiöses Problem oder ahnte gar nicht um was es ging."

Joseph: "Erst als die Pharisäer und hohen Priester eine politische Unruhe anzettelten, bekam Pilatus Bedenken, dass das nach Rom gemeldet würde und er seinen Posten in Jerusalem verlieren würde. Ich möchte nicht wissen, wie sein Weib ihm wegen dem Schlamassel in den Ohren lag. Er lieferte den Jungen mit zwei Schwerverbrechern an seine Henkersknechte zur Kreuzigung aus. Ich sah den Jungen auf dem Weg nach Golgatha schwitzen und half ihm das Kreuz am langen Balken mittragen. Er hat mich angesehen. Wir haben nichts miteinander gesprochen, sein Leid verschloss mir den Mund.

Es war genug, dass er mich an seiner Seite wusste, so, wie wir früher wortlos nebeneinander gearbeitet hatten. Als er fast nicht mehr konnte und zusammenbrach, nahm der Simon von Cyrene, ein kräftigerer Bursche als ich, das Holz auf die Schultern. Der Junge konnte seine Muskeln etwas entspannen, bevor sie ihm die Nägel durch Hände und Füsse trieben."

Gamaliel: "Und Maria? Wie verhielt sie sich?"

Joseph: "Mit anderen Frauen ging sie weinend neben ihm. Ich hatte das Gefühl, die seien nicht von einer normalen natürlichen Trauer ganz besonderen überirdischen Sache. Ich war echt verzweifelt und mir rannen die Tränen übers Gesicht. Ich hatte Angst und eine ohnmächtige Wut, dass ich so schwach war und nicht verhindern konnte, dass sie ihn bald ans Kreuz schlugen, mit Nägeln, die ich ins Bauholz zu schlagen gewohnt war. Nie hatte ich ihn verstanden, als er nach 30 Jahren unruhig wurde und den Leuten zu predigen begann. Erst als er einigen Leuten half und viele gute Dinge sagte, verstand ich ihn besser und dachte nicht mehr, das alles sei eben eine verrückte Sache.

Als sie ihn schliesslich aus Hass, Neid und Angst vor seinen Reden nach Golgatha schleppten, was einem Verbrechen gleich kam, ahnte ich, dass er zumindest ein grösserer Mensch sein musste, den ich früher nicht als solchen erkennen konnte."

Gamaliel: "Ich habe einen Verwandten im hohen Rat des Tempels in Jerusalem, der auch meinen Namen trägt. Er ist ein weiser und gemässigter Pharisäer. Er sprach immer davon, dass man sehen werde, ob der Jesus aus Nazareth eine menschliche Verirrung sei oder ob er eine übermenschliche Bedeutung habe. Er vertritt diese Ansicht noch heute, in einer Zeit, da die Nachfolger des Jesus, die sich Apostel nennen, mit noch grösserem Eifer dem Volk predigen. Sie scheinen vor allem die Armen anzuziehen."

Joseph: "Ich erinnere mich, dass der Junge manchmal von der Ausweglosigkeit sprach, in der sich manche Menschen befinden. Er meinte, das könnte von Geburt, der Rasse und unglücklichen Lebensumständen abhängen und viele dieser Armen suchten vergebens Hilfe. Eine Erlösung kenne die alte jüdisch-orthodoxe Religion nicht, darum müsste er diese den Menschen verkünden. Ich mit meinem praktischen Zimmermannsverstand dachte dann nur an die körperlich Hungernden und Frierenden, die immer irgendwie überlebten, denen man aus der grössten Not heraushalf, die es aber einfach geben musste, so wie es die Reichen und Satten gab. Menschen kann man ebensowenig wie Bauholz in gleichgrosse Stücke zuhauen. Zum Bau eines Hauses braucht man grosse und kleine Hölzer und manche zerspringen dem Zimmermann unter der Axt. Heute kann ich nachfühlen, welch inneres Unglück sich in einem Menschen anhäufen kann. Das hat der Junge kapiert, besser als ich. Deshalb ist er hinausgegangen, hat sein Maul aufgemacht, die Gefahr auf sich genommen und sich quälen lassen, bis sie ihn schliesslich umbrachten. Er wusste, dass die Idee nach der Suche der Erlösung von menschlicher und religiöser Machtpolitik in den Händen von ein paar Pharisäern nicht erstickt werden konnte."

Gamaliel: "Er machte andere in dem Glauben, den sie heute Christentum nennen, stark und zu Fanatikern seiner Idee, für die die Apostel heute und später noch sterben werden."

Joseph: "Und was ist, wenn mit der Zeit, vielleicht sehr viel

später, die Idee dazu benutzt wird, eine neue Dynastie chrisli-
cher Pharisärer aufzubauen?"

Gamaliel: "Dann....wird das Christentum gesellschaftsfähig geworden sein und beginnen, Gegner umzubringen, wie gehabt."

Joseph: "Das heisst, stillt die Religion Machthunger, haben viele
Armen nichts mehr von einer solchen Religion zu erwarten und dafür
ist der Junge nicht am Kreuz gestorben."

Es ist tief in der Nacht, als Johann Kasove aufhört auf seiner
japanischen Schreibmaschine durchs Haus zu klappern.

Er denkt darüber nach, dass die Welt die Deutschen für grüblerisch, für stets ein wenig verzweifelt hält, wie er das gelesen
hatte. In Schweden, dem Land kühler verregneter Sommer, endloser
Winter und des staatliche geregelten Alkoholkonsums, war die Bibel
zu einem Ladenhüter verkommen. Doch bevor er sich von der Schreibmaschine ab- und dem Bett zuwendet, findet er einen Zettel in einem der Bücher die er als Literaturnachweis benutzte. Es ist ein
altes Kalenderblatt. Er liest:

"Donnerstag, 26. Februar 1953

Wochentag (Violett)

Mechtilde, Ottokar, Alexander

"Sein sind alle Seelen (Lesg.)"

Sonnenaufgang 6.51 h - Sonnenuntergang 17.30 h

Mondaufgang 15. 22 h - Monduntergang 5.57 h

und auf der Rückseite:

".......wenn das Gewissen erforscht ist, und die Sünden angeklagt
sind, dann ist auch alles gut. Nein, da setzt erst die eigentliche

Hauptarbeit ein. Wenn man die Sünden wirklich schon bereut und verabscheut, sich deshalb von ihnen weg und zu Gott zugewandt hat, dann muss man entschlossen alle Mittel, natürliche und übernatürliche gebrauchen, um in der Verbindung mit Gott zu verharren, um nicht bei der ersten besten Gelegenheit in den alten Sündenzustand zurückzufallen. Die Hauptarbeit liegt in der Reue und im Vorsatz, im Umdenken von der Sünde weg zu Gott hin mit dem entschlossenen Willen........

> Richard Gräf aus "Das Sakrament
> der göttlichen Barmherzigkeit",
> Verlag Fr. Pustet, Regensburg."

Fr. Pustet ist ein Verleger, dessen Familie früh in das damalig überwiegend evangelische Regensburg eingewandert war und sich für den Katholizismus einsetzte.

In dem Buch "The Road Less Traveled", von dem Psychotherapeuten M. Scott Peck geschrieben, steht: Disziplin, Pflicht und Verantwortung führen in den Zustand der Gnade und des Glücks, die Trägheit ist der Hauptfeind des Menschen, die romantische Liebe ein Mythos.

Johann Kasove lässt in seinem "Jesus 70", die Figur der Maria nur als Randfigur auftreten. Seine Recherchen enthielten zwar weitere Einzelheiten über die Mutter und Gottesgebärerin, aber er konzentrierte sich mehr auf den Dialog zwischen dem Fischer und dem Zimmermann. Der Begriff Jungfrau entsprang wahrscheinlich einem Übersetzungsfehler vom Hebräischen ins Griechische, denn es war "junge Frau" gemeint. Nach den gesammelten Unterlagen Johann Kasoves war Maria wirklich 16 Jahre jung, als sie schwanger wurde und sich mit

dem Zimmermann Joseph verlobte. Jüdische Literaten wollen heraus-
gebracht haben, Maria sei von Beruf Friseuse gewesen, bevor sie
zur schwangeren "Gottesmutter" mit intaktem Hymen erhoben wurde.
Der Zimmermann war dem Vernehmen nach nicht der Urheber der
Schwangerschaft Mariens. Die späteren Evangelisten interessierten
sich nicht für das Eheleben im Hause des Zimmermanns, in dem noch
sechs Geschwister des Jesus von Nazareth aufwuchsen. Um eine ewig-
während Jungfräulichkeit der Gemahlin Josephs passend zu machen,
wurden die Brüder und Schwestern als Cousins und Cousinen der
Nachwelt vorgestellt. Als die Evangelisten und ihre christlichen
Anhänger auf eine griechische Konkurrenz in der Gestalt der viel-
brüstigen Artemis stiessen, einer Tochter des Zeus, Göttin der
Fruchtbarkeit, Beschützerin der Tugend und Jungfrau, musste Maria
als populistischer Gegenpol herhalten. Anno 431 wurde Maria der
Titel "Gottesgebärerin" in Ephesus, der Stadt in der der Artemis-
tempel stand, auf einem christlichen marianischen Konzil offiziell
verliehen. Bezüglich der unbefleckten Empfängnis mit ewiger Jung-
frauenschaft befanden sich die Verwalter frühchristlicher Schrift-
steller in Gesellschaft traditioneller Griechen, die davon aus-
gingen, dass Jungfrauen als "Virgo intacta" schwanger werden konnten, allerdings durch göttlichen Einfluss. So erzählt eine dieser
griechischen Geschichten, dass der Philosoph Plato aus einer irdi-
schen Mutter entsprang, gezeugt von dem Gott Apoll. Jede Hebamme
unserer heutigen Zeitrechnung kann bestätigen, dass Fälle vorkommen, bei denen eine "Jungfrau" zur Geburt kommt und das Hymen
ist noch unversehrt. Das kann durch eine Ejaculatio präcox, einem
vorzeitigen Samenerguss, vor Penetrierung des Jungfernhäutchens

oder durch einen unterdimensionalen Penis verursacht sein, ohne irgendeine göttlichgezielte Fügung. Seit 1848 ist es jedenfalls aktenkundig, dass Maria "frei von der Erbsünde" sei. Die Kirchenpolitiker meinen damit, dass keine Copulation ihre Himmelsmutter je bestürmte, so wollte es Papst Pius IX. 1950 zementierte Pacelli, der Römer und Pius XII., das Dogma der leiblichen Himmelfahrt Mariens fest. Und weil die Nachfolger des Kirchenfelsen Petri sich 1870 die absolute Unfehlbarkeit testierten, ist leiblich, wie eine kleine Saturnrakete in den Kosmos entschwunden. Dieser Count down Marias ist in vatikannahestehenden Ländern ein gesetzlicher Feiertag geworden.

Vielleicht gibt es deshalb die Mär der Himmelfahrt der Maria, die dem vorausgeflogenen Sohn nur nachfolgte, weil der heilige Geist in Gestalt einer Taube für die Flugfähigkeit der beiden verantwortlich gemacht werden konnte. Allerdings gab es vor 800 Jahren einen Zweifler, der heute als Nestbeschmutzer von seinen Kollegen bezeichnet würde. Thomas von Aquin zweifelte zumindest an der immerwährenden Jungfräulichkeit Mariens. Der damals sehr bekannte Kirchenlehrer wurde trotzdem oder aus taktischen Gründen der Ablenkung oder weil er intern seine Zweifel korrigierte, heilig gesprochen. Heute ist Maria eine Kampffigur gegen Empfängnisverhütung und Abtreibung, vielleicht weil die hebräische Konkurrenz noch immer auf die Geburt d e s Messias wartet? Aber darüber macht sich Johann Kasove keine späten Gedanken mehr. Sollte er etwa ein besserer, realistischerer Christ als die vatikanischen Funktionäre sein? Er lässt sich ins Bett fallen, schliesst die Augen und träumt nachts von einem jungen Mann mit langen Haaren

und in Blue Jeans. Der Junge ist in einer Kirche einer amerikanischen Sonntagsgemeinde. Er stellt sich vor die Leute in den
Kirchenbänken und redet ihnen von Menschlichkeit, Hilfsbereit-
schaft und erklärt, er möchte nicht nach Vietnam in den Krieg, um
andere zu töten oder selbst getötet zu werden. Man sollte Frieden
machen und die G.I.'s zurückholen, lebend und nicht in schwarzen
Plastiksäcken verpackt.

Der Pfarrer ruft Polizisten, die ihn abführen. Eine Amerikanerin
mit blumengeschmücktem Hut und Tüllschleier über dem Gesicht
flüstert hinter ihrer weissbehandschuhten Hand zu ihrer Nachbarin
zur linken: "Ich kenne ihn! Er ist einer meiner Nachbarn. Der Sohn
eines nichtverheirateten Paares!" - "Cracy bastard", wispert die
andere Frau zurück. "Jesus, Lamm Gottes, das Du hinwegnimmst die
Sünden der Welt, erbarme Dich unser", klingt es aus dem Mund des
Priesters vor dem Altar. Die geschmückten Hüte senken sich vorn-
über, zusammen mit ehemals sündigen Brüsten. Weissbehandschuhte
Hände klopfen an Johann Kasoves Brust und rufen "Mea culpa, mea
culpa, mea culpa..." und wecken Johann Kasove aus Schlaf und
Traum. Im Aufwachen denkt er: "Warum haben sie an meine und nicht
an ihre eigene Brust geklopft?"

In Philadelphia beginnt ein alltäglicher Morgen in der Baltimorestreet, nahe der Hazel und Larchewood Avenue. Ein paar Vögel fliegen in die alten Platanen am Strassenrand, pfeifen und zwitschern,
singen ihre kleinen Morgenlieder. Die ersten Trolleycars, das sind
die Strassenbahnwagen, rattern über ausgefahrene Schienen. Die
Motoren grosser Lastwagen dröhnen und röhren, sie kommen von den

Fernverkehrsstrassen. Dazwischen : "The sound of Philadelphia", Frank Rizzo's Streifenwagen (Rizzo = bis Anfang der 70iger Jahre Polizeichef, später Oberbürgermeister in Philadelphia) fahren mit hohem Pfeifton ihrer Sirenen zu einem Unfall oder Überfall. Vor den Häusern starten Autos, Liebhaber machen sich müde auf den Heimweg, Angestellte und kleine Geschäftsleute schlendern lustlos zu ihrer Arbeitsstätte. Weisse und Schwarze stehen an den Omnibus- und Strassenbahnhaltestellen. An den Verkehrsampeln stauen sich brummend Autos. Kinder gehen zur Schule, an den Strassenkreuzungen sicher von Schulhelfern mit Signalkellen geleitet. Johann Kasove wäscht sich den Seifenschaum aus dem Gesicht und verlässt grusslos das Haus. Er weiss, dass das nicht mehr lange gut geht mit Ella.

Und er weiss, dass er kein gelernter Familienvater ist, das scheint er leider von seinem Vater ererbt oder erworben zu haben. Vor seinem Büro in der Uni steht eine Kaffeemaschine und liegen Donats. Der Kaffee ist nicht von erster Qualität und enthält viele Bitterstoffe, manchmal holt sich Johann Kasove eine Gastritis davon. Er geht zu einem Meeting der Chiefs und Dozenten, die dazu bestimmt sind, auf einem Kongress in Las Vegas ein Referat zu halten. Johann Kasove arbeitete schon einige Monate an einem Thema, Vorhofflimmern bei Riesenhunden, er soll darüber das Wichtigste über Diagnostik und Therapie vortragen.

Kapitel 2

"Literatur ist der Versuch des Menschen, sich für Mängel seiner Existenz schadlos zu halten."

Ralph Waldo Emerson, USA.

The West: Las Vegas - San Franzisko.

Aus dem Fenster des Jets, der Eduard Schall vom Airport in Philadelphia zum Airport in Las Vegas bringt, sieht er die Lichterstrassen, die in gelben Perlenreihen nach oben blitzen. Langsam lässt der Pilot den Jet in Richtung Landebahn schweben. Nach der Passage der Gates empfangen Eduard Schall einige Reihen von "Slotmachines", einarmige Banditen. Er ist in der grössten Zockermetropole der USA gelandet. Vor ihm wirft ein Amerikaner einen Dime in einen der Spielautomaten, die Dimes rasseln, er hat den Jackpot geknackt. Die Menge der Dimes verstaut er in einem Fach seines Handkoffers. Ein schwarzer Taxidriver fährt Eduard Schall zur vorgebuchten Hotelpension. Das dauert einige Zeit, denn aus Sicherheitsgünden und als Umsatzförderung für Taxiunternehmer liegen Airports immer etwas ausserhalb des Stadtkerns. Der Fahrer des Taxis hat schnell bemerkt, dass sein Fahrgast kein Amerikaner ist. Er tippt auf "Tschörmän". Eduard Schall bekommt während der Fahrt einige Tips für Las Vegas. "Sei vorsichtig, Tschörmän, sonst bist Du schneller gefickt, als Du denken kannst!" ist ein Tip des Schwarzen, womit er nicht nur die Damen des offiziell verbotenen

Gewerbes meint, sondern die ganze Situation auf dem Streep, der Zockermeile von Nevada. Zusätzlich wird der "Tchörmän" noch gelobt, dass er aus einem Land komme, das die verdammten Juden vergast hätte, allein dafür würde er seinen Fahrgast zu einem Sonderpreis transportieren, was natürlich gelogen ist. Aber Eduard Schall kann die Dollars zahlen. Vielleicht wird er sie beim Black Jack oder einer Slotmachine in einer der kommenden Nächte wieder zurückgewinnen. Hielt er eine gewisse Sparsamkeit und Vorsicht ein, reichen die Dollars, mit denen er von der Universität ausgestattet ist, für ein vorsichtiges Spiel in einem der Saloons. Nachdem Eduard Schall ausgeschlafen hat, seinen Frühstückskaffee zu ham-and-eggs und Danish getrunken hat, tritt er hinaus in eine sandiggelbe Umwelt, desillusioniert und nicht mehr bunt iluminiert liegt Las Vegas vor ihm, wie eine abgeschminkte Nutte nach einer anstrengenden Nacht voller Freier. Die trockene Hitze steht vor Eduard Schall wie eine Wand, die er durchbrechen muss auf dem Weg zur Kongresshalle, in der sich eine grosse Menge von Tierärzten aus allen Teilen Amerikas versammelt hatte. Das Manuskript seines Referats und eine Anzahl von Dias zur Illustration hat er in seinem Handkoffer. Als er an der Reihe ist, bringt er Vortrag und anschliessende analytische Diskussionen erfolgreich hinter sich.
Nachdem Dinner mischen sich die Kongressler und treffen sich an einer Hotelbar, nicht ohne zwischendurch an eine der Telefonsäulen von einem Hoteldiener gerufen zu werden. Damen des horizontalen Gewerbes offerieren als Singles oder in Paaren ihre Dienste in den Hotelzimmern. Es war in Las Vegas verboten, dass die bereitstehenden Damen ihre Dienste direkt anboten, dazwischen musste immer eine Telefonleitung mit zwei Hörern liegen. Die Hotelboys

und Flurstewards fungierten als Zuhälter. Eduard Schall und einige Kollegen blieben an der Bar und erfrischten sich mit einigen Drinks. Ein Chirurg eines New Yorker Tierschutzhospitals, der Eduard Schalls Vortrag verfolgt hatte, unterhält sich lange mit dem Immigranten aus Germany und erst viel später sollte Eduard Schall auf den tieferen Grund dieses Interviews kommen.

Eduard Schall macht sich bei einbrechender Dunkelheit auf den Weg zum Streep und die Saloons. Die grosse Nutte Las Vegas war wieder aufgeschminkt, stand im Scheinwerferlicht und wartete auf Freier. Mit Dollarmillionen und Thompson-Machineguns hatten die Grössen der Unterwelt, wie Bugsy Siegel und Mayer Lanski und viele andere, die Casinos und Hotels mit Sälen voller Spielautomaten und Revuebühnen aufgebaut. Eine strafforganisierte, riesige Illusion im Staate Nevada, einem Staat von 286 299 Quadratkilometern mit der Hauptstadt Carson City, die weniger bekannt ist als Las Vegas, in der das natürliche Goldvorkommen, geschürft in den Minen der Wüste, beim Zocken weit übertroffen wird. eduard Schall findet sich schnell in einem der Saloons, dem "Golden Nugget", zurecht. Vor den einarmigen Banditen stehen überwiegend ältere Frauen, haben Papierbecher vor sich, in denen sie Nickels, Dimes oder Quarters horten, die sie in die Automaten einwerfen und dabei gewinnen oder verlieren. Gehen die Münzen aus und haben sie noch ein paar Dollarscheine, setzen sie mit einem Knopfdruck eine Blinklampe in Betrieb. Kurzfristig erscheint ein Girl, grün-gewandet mit einem ovalen gelben Stoffaufkleber am Rücken auf dem in schwarzer Schrift "Change" steht. Auch Eduard Schall lässt sich einen Zehndollarschein wechseln und spielt mehrere Stunden mit wechselndem Glück. Sein optimaler Gewinn sind zwei Pappbecher voll

Dimes, als er sich in einer der Snackbars des Casinos mit Sandwich und Cola stärkt. Selbst in der Snackbar geht das Zocken weiter, mit Bingo, und wieder ist es eine majorität ältlicher Rentnerinnen, die vor Eduard Schall in Freudengekreische ausbricht, wenn es heisst: "Bingo!". Ein paar Nächte vertreibt sich Eduard Schall, wie auch seine Kollegen, die Zeit in den Saloons, die für eingefangene Spieler schlecht entrinnbar, von den Gründern dieses Kunstgebildes mitten in eine Wüste gesetzt wurde. Heute wird diese Stadt, die einige als Paradies und andere als Hölle erleben können, mit der Energie des Hoverdamms seit 1936 künstlich am Leben erhalten. 220 Meter hoch und 354 Meter lang staut er den Colorado River. Er ist nach einem Mann, Herbert Clark Hoover genannt, der von 1929 bis 1933 Präsident der USA war, und in Übersee bekannt wurde, weil er nach beiden Weltkriegen Hilfsaktionen, zum Beispiel die Schulspeisung, für die notleidenden Völker Europas organisierte. Bei seinen Saloonstreifzügen kommt Eduard Schall auch an einer der vielen Bars vorbei, die zwischen die Spieltische und Slotmachines eingestreut sind. An ihnen gibt es kostenlose Drinks. Viele der älteren Zocker bessern in den Casinos entweder mit Glück ihre Rente oder auch ihren Flüssigkeitshaushalt auf. Nur wenn dieser Haushalt einen Barbesucher physisch oder psychisch überfordert, kommen die Männer vom Sicherheitsdienst. Sie tragen grosse bunte Abzeichen am Ärmel ihrer Khakiuniformen. Sie nehmen einen leise oder laut Randalierenden in ihre Mitte und führen einen nun nicht mehr erwünschten Casinogast höflich und ruhig zum Ausgang. Eduard Schall beobachtet das an einer Bar bei seinem letzten Besuch in einem Saloon. Er steuert im anbrechenden Tageslicht in seine Hotelpension, nimmt sein Handgepäck und bezahlt die Rechnung. Er geht an Arztpraxen vorbei, an deren Fenster Schilder mit der Aufschrift "Cash only" hängen. Er ist auf dem Weg zum Busterminal der Greyhounds. Er kommt auch an "Heiratskapellen" vorbei und an Rechtsanwaltspraxen, die jedes Paar erfolgreich zum "Divorce", zur Scheidung bringen können, wenn es sich drei Wochen nachweislich in Las Vegas aufhielt.

Eduard Schall besteigt einen Bus, der Richtung San Franzisko fährt. Auf den Strassen, die schnurgerade durch die Wüste Nevadas führen, begleiten die Fahrt Dornbuschrollen, die wie in einem Western im Kino oder am TV neben dem Bus dahinrollen. An die Atomtests, die in dieser Wüste schon durchgeführt wurden, denkt Eduard Schall nicht, die Hitze draussen spürt er nicht, denn er fährt airconditioned. In irgendeinem Nest stehen an einem Busterminal Männer mit Cowboyhüten neben Mexikanern, deren Köpfe über der Stirn so flach sind, als hätte man ihnen mit der Schermaschine ausser dem pechschwarzen Haar einen Teil des Hirndachs abgeschnitten. Eduard Schall hat einen längeren Aufenthalt. Er erinnert sich, dass John Steinbeck die Okies beschrieben hat, die als Farmarbeiter aus Oklahoma und Texas kamen. Die Nortons hatte er beschrieben, die aus Mexiko kamen und in der Gluthitze kalifornischer Plantagen für einen Hungerlohn arbeiteten. Eduard Schall hatte sie oder deren Nachkommen nun live vor sich. Okies und Pochos, die in den USA geborenen Mexikaner, waren im gottgesegneten Kalifornien erwünscht, als die Estados Unidos Erntearbeiter brauchten, zu einer Zeit, da die Yankees im Krieg waren. Später, als sich diese Arbeiter gewerkschaftlich organisierten, waren die Flachköpfe nicht mehr erwünscht. Einige Busse kommen. Eduard Schall steigt in einen Greyhound, der ihn nach San Franzisko bringt.

In San Franzisko war ihm von der Administration aus Erspar-
nisgründen ein Zimmer im YMCA reserviert worden. Eduard Schall hat
noch keine Ahnung, welche Art von Herberge er betritt, die in der
Umgangssprache das "Y" hiess. Spricht man das in amerikanisch aus,
klingt das wie "why", warum. Von der Rezeption, an der im Voraus
bezahlt werden muss, wird er zu seinem Zimmer im ersten Stock geschickt. Es befindet sich am Ende eines langen, schmalen Ganges
mit einer Aneinanderreihung numerierter Türen, die teilweise offen stehen. Eduard Schall wird von Männern beobachtet, die sich
faul ausgestreckt auf den mit Wolldecken belegten Bettgestellen
räkeln. Eine für Eduard Schall ungewohnte, sehr fremde Atmosphäre.
Er wäscht sich Hände und Gesicht und stellt fest, er hat sein Rasierzeug in Las Vegas vergessen. Er nimmt sein Handgepäck, geht
aus dem "Y" in einen Friseurladen in der Nähe. Er hätte besser
darauf verzichtet.

Ein Typ ähnlich wie Quasimodo, der Schädel schwachbehaart, rote
Bartstoppeln im Gesicht, plaziert ihn auf einen schäbigen, mit
abgewetztem bräunlichem Kunstleder bezogenen Sessel mit einer
papierüberzogenen Nackenstütze vor einen matten Spiegel, in dem er
das Unikum genauer betrachtet. Bevor Eduard Schall auf die Strasse
flüchten kann, hat er eine Serviette um den Hals und Rasierschaum
im Gesicht. Nachdem ein Rasiermesser an einem Lederriemen abgezo-
gen ist, nähert sich dieses dem Kopf Eduard Schalls. Die aufge-
klappte Klinge, ragt aus dem Messergriff, der sich in einer Hand
befindet, die mit ihren rothaarbewachsenen Fingerrücken eher einer
Pranke eines Orang Utans gleicht, als der eines "Friseurs". Eduard
Schall wird die Nase zusammengezwickt und die zu wenig geschärfte

Klinge ratscht über Backen, Oberlippe und Hals. Schall schliesst die Augen, als das erste Blut fliesst. Mit Alaunstift wird es von dem roten Würger gestoppt, bis zum nächsten Ratscher bei der sich wiederholenden Procedur. Endlich ist alles überstanden, der Messerheld drückt Eduard Schall einen Spiegel so nah vor die Nase, dass er sein zerkratztes Gesicht gar nicht sehen kann. Der mehr als Schlächter zu bezeichnende Unmensch nimmt den ihm gereichten Zwanzigdollarschein, verschwindet in einem mit einem Vorhang abgeteilten Nebenraum. Er kommt zurück und zählt Eduard Schall das Wechselgeld in lauter schmutzigen Eindollarscheinen hin. Als Eduard Schall das Gruselkabinett verlässt, glaubt er im Vorbeigehen das Gesicht eines Gewaltverbrechers erkennenn zu können, in dem sich Gier und Schadenfreude mischen.

Wieder lebend auf der Strasse, betrachtet Eduard Schall im nächsten Schaufenster sein brennendes Gesicht oder das, was davon übrig ist. Ein Mann im eleganten Strassenanzug und mit Kravatte bettelt um einen Dime, Eduard Schall gibt ihm einen der verdreckten Friseurdollars. Er geht weiter, vorbei an Schildern mit "For adults only", die vor Sexshops im Wind schaukeln und vor denen zigarettenrauchende Girls lehnen, die ihn ansprechen. Er ist in einer Stadt mit eineinhalb Millionen Einwohnern mit einer Schwulenquote von dreissig Prozent, wo sich "Sexworker" auf beide Geschlechter verteilen und da sind Masturbations-Pädagoginnen, Dildo-Fabrikantinnen, Exhibitionismus-Aktivistinnen, die mehr als nur die Beine breit machen, damit die Männer glotzen können, Telefon-Onanistinnen, Consultantinen zur Beratung von Ehepaaren, Singles, Lesben, Schwule und Transvestiten für die Realisierung von abartigen Phantasien. Es gibt in Sexshops Kundinnenberaterinnen, welche die Vorzüge von Vibratoren, "Zauberstäben", erklären, inclusive geruchsfreier Gleitmittel mit dezent süssem Geschmack. Auch die praktische Anwendung wird von den Beraterinnen im "do it your self" anschaulich demonstriert. Die These dominiert: "Monosexuelle haben keine Ahnung vom Spass des Sexlebens der Bisexuellen". Das Prädikat der Stadt San Francisco heisst "sexpositiv". Für Eduard Schall zuviel "Techno-Sex" in einer Zeit der "Sex-Revolution" der 60iger Jahre. "Wahrscheinlich bin ich zu altmodisch", denkt er, ohne zu ahnen, dass diese Sexwelle ein mal das europäische TV-Programm erobern wird. Er kommt zu einem Restaurant, bestellt eine Wurst in einer roten Pelle, die in Bayern als Lyoner bezeichnet würde, mit Kartoffelsalat und trinkt ein Bier dazu. Erholung! Die Blicke eines Mannes, wieder in Anzug und Kravatte, verfolgen jeden Bissen Eduard Schalls. Nachdem die Lyoner made in USA bis auf einen kleinen Rest verzehrt ist und Eduard Schall den Teller zur Seite schiebt, springt der Mann vom Nebentisch auf und stürzt mit ausgestrecktem Arm Richtung Eduard Schall. Na ja, denkt der, heute ist nicht mein Tag, jetzt wird mir der Kerl an meine zerkratzte Kehle gehen und den Rest erledigen, den der Quasimodo nicht schaffte. Er lehnt sich im Stuhl weit zurück, als die Hand des rabiaten Nachbarn auf den zur Seite geschobenen Teller greift. Er wird das Messer nehmen, denkt Eduard Schall! Aber nein, ganz harmlos greift die ausgestreckte Hand den Wurstrest und lässt ihn zwischen Zähnen verschwinden.

Eduard Schall fährt mit dem Cabelcar die hügeligen Strassen San Franziskos hinauf und hinunter, vorbei an bunt gestrichenen Stadtvillen, vor denen Palmen im Wind schwingen. An der grossen Umkehrschleife der Cablecars am Hafen betrachtet er den sebstgebastelten Schmuck der "Flower Kids" und er sieht abseits der Golden Gate Bridge die stillgelegte Zuchthausinsel Saint Quentin. Die Gaskammer ist ohne Gas zur Besichtigung für Touristen erhalten. Nach einer Nacht im Y", hinter verschlossener Tür, beendet Eduard Schall seine Tour Philadelphia - Las Vegas - San Franzisko. Er weiss jetzt, was das "Y" ist. Es ist Teil einer amerikanischen Lebensphilosophie, eine Mischung aus Billigabsteige und christlichem Hospiz. Er sah im "Y" Gescheiterte und Gebrochene Menschen, die gerade auf der letzten Stufe einer beschissenen Hühnerleiter standen, einer Station der USA auf dem Weg nach unten. Sie machten eine Pechsträhne durch oder ihr ganzes Leben war eine Anhäufung von Pech. Menschen, die sich in das Heer der Nobodys einreihten, die nicht wissen, ob sie sich noch einmal mit letzter Kraft zu einem neuen Start aufrappeln können oder die irgendwann einfach verschwinden. Eduard Schall schwor sich, dass er sich in diese Gruppe der "Y's" nicht einreihen lassen würde, auch wenn er ohne Rasierzeug im Gepäck sich von einem Kerl das Gesicht verkratzen lassen musste, der früher vielleicht vor der Gaskammer bewahrt wurde.Eines konnte Eduard Schall erkennen, er würde voraussichtlich auf diese Art, wie er als Immigrant lebte und arbeitete, niemals einen Platz in der grossen oberen Society der USA erobern, die solche "Y"-Tyen gar nicht wahrnahm, ohne oder mit Chauffeur im airconditioned Strassenkreuzer, mit einem gut gepolsterten Bankkonto als Sicherheit, nach dem Motto: "Good guys, bad guys, guns, horses, rhight, wrong, The West."

Kapiteltel 3

"Sorge Dich nicht lebe!"

      Dale Carnegie, Autor, USA.

Weiter in Philadelphia.

Muhamad Ali hielt auf dem Campus der Universität von Pennsylvania
in Philadelphia vor den Studenten eine Rede und diskutierte mit
ihnen. Einige Seniorstudenten, die gerade bei Eduard Schall in der
Herzstation residieren, sind sehr angetan von dem schwarzen Boxer
und seiner Intelligenz. Ihm war der Weltmeistertitel aberkannt
worden, weil er sich weigerte nach Vietnam als G.I. zu gehen.
Darüber hinaus verweigerten ihm 70 Städte in den USA in ihren
Arealen zu boxen und damit Geld zu verdienen.
"Hallo, Ed!", es ist die Stimme von Ted Bacharach, einem Chirurgen
aus dem Clinical Department, "Komm am Sonntagnachmittag zu uns,
wenn Du Lust hast."
Eduard Schall:" O.k., danke für die Einladung, ich komme gern."
Am Sonntag ist Eduard Schall bei den Bacherach's, die in einem
Haus vor Philadelphia wohnen, das in einer Art von englischem
Landhausstil gebaut ist. Eine Mischung aus Feldsteinmauern und
Holzkonstruktionen.
Ted Bacherach ist ein guter Amerikaner, seiner Frau und seiner
Kinderschar ein treusorgender Familienvater. Maryann, Ted's Frau,
verbreitete Nestwärme. Ted Bacherach machte den Eindruck eines
gutmütigbemühten-kritischen, manchmal etwas hinterfotzigen, bärti-

gen Kegelbruders. Der Amerikaner Ted Bacherach mied die Stadt, ausser dem Campus, seiner akademischen Heimstätte. Er weilte lieber in seinem Suburbhome und dessen Umgebung. Fern der billig verwohnten Fassaden ehemaliger Bürgerhäuser, hinter denen das Elend weisser oder farbiger Unterprivilegierter sichtbar werden konnte. Lange genug hatte er während seiner Studienzeit in einem Mobilehome im Nordosten, in Massachusetts, mit Maryanne gelebt und geschuftet. Er war im Vorstand des örtlichen Methodistenkirchen-rats, er war Vorsänger mit einer kräftigen Stimme zwischen Tenor und Bariton, war im Elternbeirat der Schule, ging zum Bowlen und fuhr Ski. Seine Frau unterstützte ihn tatkräftig und spielte auf dem Harmonium, wenn ihr Ted dazu Gitarre spielte und sang. Eduard Schall wurde eine heile Welt made in USA vorgeführt. Eduard Schall blieb bis zum Abend, bekam ein gutes Essen vorgesetzt, sang mit zur Harmonium- und Gitarrenbegleitung das Lied, das von den Farmtieren handelte und den Refrain hatte: "Hia-hia-ho".

Eduard Schall fuhr zurück zur Hazel Avenue. Auf der Fahrt erinnerte er sich an die Zeit, als er ein Stipendium der Deutschen Forschungsgemeinschaft bekommen hatte und ein halbes Jahr an der Vet-Fakultät Herzdiagnostik weiter trainieren konnte, besser als das in Deutschland damals möglich war. Eduard Schall wohnte einige Wochen in einem Hotel in Philadelphia. Niemand hatte ihm gesagt, dass es unüblich war in dieser Unterkunft, Schuhe zum Put-zen vor die Tür zu stellen. Eduard Schall tat es am Abend. Am Morgen waren die Schuhe weg, unauffindbar. Wenig später bot ihm Ted Bacherach ein Zimmer in eben jenem Haus an, indem er gerade gegessen und gesungen hatte. Er musste nur einen relativ geringen Beitrag für Essen und Wohnen an Ted abführen und sein Bier selbst bezahlen. Neben fachlichen Qualitäten waren in einer amerikanischen Unikarriere private Aktivitäten nachzuweisen. Ted Bacharach war ein gründlicher Mann, er liess keine weissen Flecken auf seiner Landkarte des Curriculum vitae offen. Eduard Schall war in seiner Wochenendfreizeit voll in die Gewohnheiten Ted's und seiner Familie integriert. Eduard Schall ging mit zum Bowlen am Samstagabend und am Sonntagmorgen in die Methodistenkirche. Dort konnten alle Ted im roten Chorrock mit grossem weissen Spitzenkragen als Vorsänger bewundern. Methodisten sind als sehr gesangsfreudig bekannt. Am Ende des sonntäglichen Gottesdienstes gingen die Ehefrauen nach Hause zum Kochen, der noch jüngere Nachwuchs kam zur Bilbelstunde oder in den Kindergarten und die männlichen Methodisten setzten sich zum Debattieren in einem Nebenraum zusammen. Ted nahm auch Eduard Schall mit dahinein. Sonntagsschule wurde das genannt. Eines Morgens am Ende des Kirchenzeremoniells und beim Beginn der Sonntagsschule, erinnert sich Eduard Schall, sah er schon das scheusslich schmeckende Rootbeer und einige inzwischen ihm schon bekannte Gesichter vor sich. Neben ihm sass ein dicklicher Amerikaner, der McLaughlin hiess. Er war Produzent von Zementröhren, brachte der Gemeinde einen schönen Batzen Steuer in die Kasse und war ein typischer "Law-and-Order-Man", der einen hohen Blutdruck hatte, vielleicht von abendlichem Whiskey und dicken Zigarren verursacht. Da Eduard Schall inzwischen die Diskussionsthemen McLaughlins kannte, betete er im Stillen: "Bitte heute keine Debatte über den zweiten Weltkrieg oder andere Kriegseinsätze der US-Army! Lieber ein Gerede über eine notwendige

andere lokale oder staatsweite Politik oder zu hohe Steuern. Ich
wäre bereit in den Ruf "Hoch Agnew" einzustimmen, damit die Sonntagsschule schneller an mir vorbeigeht." Aber da war es schon geschehen. McLaughlin bekam zwei längliche Falten über der Nasenwur-
zel und schaute Eduard Schall fixierend aufs Blondhaar und in die
blauen Augen, die etwas von getönten Brillengäsern verdeckt waren.
"Ed, Du weisst, dass ich 1945 nach Germany kam?" "Ja, Sie deuteten
das vor Wochen einmal an", antwortete Eduard Schall. Mc Laughlin
fuhr fort: "1944 landete ich unter Eisenhower an der Omaha Beach
in der Normandie und überlebte, trotzdem ihr verdammten Krauts uns
schwer zugesetzt und 10 000 unserer Jungs der Landungstruppe unter
die Marmorkreuze des US Cemetery in Frankreich gebracht habt."
Eduard Schall: "Ja, eine furchbare Geschichte. Ich war nach dem
Krieg dort an der Utah und Omaha Beach und bin auch auf der
"Hamstreet" gelaufen....." "Ja!", unterbrach ihn Mc Laughin,
"Genannt nach dem G.I. Ham, den Deine Kameraden mit einem sauberen
Kopfschuss umlegten. Hast Du seinen Helm im Bunkermuseum gesehen?"
Eduard Schall "Ja, auch das Foto, das in dem Museum gerahmt hing
und die glattrasierten Gesicher der Generäle und Admiräle zeigt,
die hinter dicken Marineferngläsern auf der Kommandobrücke eines
Schlachtkreuzers, welch sinniger Name, standen und das Massaker am
Strand beobachteten. Einer lächelte sogar!".
Über die Höhe der tatsächlichen Verluste der Aliierten Truppen,
existieren sich widersprechende Angaben, die alle als
unzuverlässig von den Militärhistorikern angesehen werden. Schät-
zungen der Geamtverluste in den ersten vierundzwanzig Stunden
sprechen von zehn- bis zwölftausend, Tote, Verwundete und Ver-
misste. Die deutschen Ausfälle am Tag der Landung der Aliierten

sind unbekannt. Rommel meldete Ende Juni 1944 den Verlust von 28 Generalen, 354 Offizieren und 250 000 Mann.

1968 wird Ted Bacherach unruhig. Er steht auf und sagt zu Mc Laughlin: "Du musst entschuldigen, Ed und ich müssen jetzt gehen, Maryanne wartet mit dem Essen. Wünsch'Dir einen schönen Tag, grüsse Deine Frau und Kinder von mir." Sie verabschieden sich von den anderen Mitgliedern der Sonntagsschule in der Methodisten-kirche, die schweigend dem Disput zugehört hatten. Einige Wochen zuvor hatte McLaughlin in der Sonntagsschule Eduard Schall am Tisch gegenübergesessen. "Als ich nach Germany kam" hatte Mc Laughlin begonnen, "antwortete jeder Kraut, e r sei nie ein Nazi gewesen!"

Auf dem Weg von der Kirche zum Wohnhaus sagte Ted Bacharach: "Ed, Du kennst doch jetzt schon etwas den Mc Laughlin und vergiss nicht, wer einen Krieg verliert, ist immer im Unrecht." Ted Bacherach war eben ein praktisch veranlagter Mensch und als Besatzungssoldat einige Zeit in Mannheim stationiert gewesen. Eduard Schall musste es sich bei dem Disput mit McLaughlin verkneifen, auf einen der amerikanischen Generäle und Armeeführer, George S. Patton, hinzuweisen, weil er sich erst später darüber informieren konnte, dass Patton ein fanatischer Germankiller war. Im Januar 1945 gegen Ende der Ardennenschlacht fotografierte der amerikanische General gefallene deutsche Soldaten, die im Schnee bizarr erstarrt herumlagen. Er bedauerte keinen Farbfilm in der Kamera zu haben, weil er die gefrorenen, rotweinfarbenen Gesichter nicht abbilden konnte. Später nach Kriegsende, im August 1945, hasste er die Russen und sang plötzlich Lobgesänge auf die Deutschen. Mclaughlin, der wahrscheinlich Pattons Einstellung teilte, erwähnte glücklicherweise davon nichts. Gegen die Russen wäre er damals sicher mitmarschiert . Die wenig sinnvollen Diskussionen hätten das Mittagessen bei Maryanne verzögert. Patton hatte 1945 seiner Frau geschrieben: "Der Quatsch in den Zeitungen über die Fraternisierung ist behämmert. Dieses Geschreibsel kommt von den Juden, die sich rächen wollen. Die Deutschen sind tatsächlich das einzige anständige Volk, das es in Europa noch gibt.". Die Vorfahren Eisenhowers, der die Deutschen hasste, kamen aus dem Land, das er als Oberbefehlshaber der aliierten Invasionsarmee befreite. Die Anverwandten eines seiner Generale, Bedell Smith, waren Preussen, die eine Generation nach Eisenhowers Vorfahren in Amerika angekommen waren. "USA einmal hin und zurück"! Auch diese Art von postoperativer Nachkriegsauseinandersetzung gehörte zum Immigrationserlebnis und wird es noch lange bleiben. In Deutschland winken die meisten Leute ab, wenn die Gespräche auf die blutigen Tage, Wochen und Monate europäischer Geschichte kommen. Sie wollen von diesem Thema nichts mehr wissen. Dieses Kapitel Zeitgeschichte soll in einer Zeit des Wirtschaftswunders und danach begraben und verdrängt sein und bleiben. Eduard Schall kann nur eines nicht mehr ertragen, wenn Figuren aus Hitlers Umgebung, Adjutanten, Kammerdiener, Sekretärinnen, lange nach dem Krieg in den Medien vorgeführt werden. Statt zu schweigen, schwelgen sie, gegen Honorar versteht sich, in negativen oder positiven Erinnerungen. Sie nennen den Mann, aus Braunau am Inn, in Interviews immer noch " Führer". Die Bilder lösen bei Edurad Schall fast Brechreiz aus, wenn er sieht, wie Offiziere des Generalsstabs, hackenzusammenschlagend vor Hitler katzenbuckeln, die Befehle des "Gröfaz", grössten Feldherrn aller Zeiten, ausführen und dafür

Orden um den Hals gelegt bekommen. Abgesehen von denen, die meuterten, als alles schon verloren war. Ihnen legte man Klavierseiten in Plötzensee um den Hals oder erschoss sie einfach. Entsprechende Erinnerungen, unter anderem an die Gespäche in der Sonntagsschule, ohne Patton-Zitate, ruft Eduard Schall 1968 noch einmal ab, als er vom Vorort Media kommend auf der Baltimorestreet in Philadelphia einpassiert und zur Hazel Avenue abbiegt. Seine Vergangenheitsbewältigung war nach über dreissig Jahren nicht abgeschlossen.

Max Frey, Johann Kasove und Eduard Schall bekommen aus Europa Briefe und Zeitungsausschnitte, die über die Rückwanderung deutscher Wissenschaftler berichten. In Europa werden die Wechselkurse der Deutschen Mark, des Schweizer Frankens und anderer Währungen repariert. Der EURO ist noch weit. In den USA sind die Preise enorm hoch, Europa kauft in Amerika nicht genug ein. Die Dollars der US-Geschäftswelt, ausgegeben für europäischen Import, liegen in den Banken in Frankfurt, Zürich und Paris fest. Die US-Businessmen sind wütend, im Weissen Haus in Washington werden endlose Konferenzen abgehalten. Es wird lange dauern bis die Währungsexperten und Bankfachleute eine zufriedenstellende Lösung finden. Es wird nicht schmerzlos sein.

Die europäischen Wissenschaftler sind wohl der unwichtigste Teil der Dollarkrise. Viele wandern nicht freiwillig ab. Antisemitische Akademiker stellen die aggressive und unwahre Behauptung auf, das beleidigte jüdische Kapital will die Europäer und speziell die Deutschen geopfert sehen, wo immer es möglich ist. Zuerst kämen die Wehrlosen dran. Eine Art Revanchismus solle es niemals mehr geben, hatten Politiker geschworen. Möglicherweise war die Krise lag es zum Grossteil daran, dass die USA einen kleinbürgerlich verhafteten Präsidenten und Vicepräsidenten inthronisiert hatten. Der Teil der amerikanischen Jugend, die sich nicht als Besatzer und Kämpfer für Prestigekriege missbrauchen lassen wollte, revoltiert schon lange gegen das ins Weisse Haus in Washington gewählte Präsidententeam. Inzwischen war das Ende der 60iger Jahre erreicht. Jeder sorgt sich um seinen Lebensstandard, der sich seit Frank X. McNamara 1950 auf Kreditkarten aufbaut, von denen manche Amerikaner ganze Kartenspiele mit sich herumschleppen. Von dem Umsatz, der mit diesem Plastikgeld gemacht wird, kann man sich eine ungefähre Vorstellung machen, sieht man die Verluste an, die zum Beispiel bei der Diners-Club-Credit-Card registriert wurden. In 27 Monaten verlor diese Organisation 70.500.000 US-Dollar. Bis Ende 1970 wurde mit Diners Club Card 935 Millionen und bei der American Express Card 2.3 Billionen US-Dollar weltweit umgesetzt. Die Verluste konnten durch Zinsgeschäfte ausgeglichen werden.

Am Beginn der 70iger Jahre muss es Amerika hinnehmen, dass sein Einfluss in der Welt zu schwinden scheint. Die Weltmacht USA zeigt Risse und an manchen Stellen der Fassade bricht die Farbe weg. In den tempelähnlichen Gebäuden amerikanischer Grossbanken werden Lebensphilosophie und Macht unter Verschluss gehalten und angebetet. Die Gebete bleiben, aber mit der Inflation des Dollars schlittert der Mittelstand jenseits des goldenen Gipfels. Es beginnt der Grössenwahn amerikanischen Managements zu vorübergehend zu brechen, der glaubt mit imperialistischen und kapitalistischen Praktiken könnte jedes Problem des Lebens gelöst werden. Das heisst Arbeit mit dem Zucker des Geldes und der Peitsche der Kündigung. Vergleichbar mit der pluralistischen Wohlstandsgesell-

schaft des militaristischen römischen Reichs, das mit seinen
Legionen einen grossen Teil abend- und morgenländischen Territo-
riums beherrschte und verlor, mag sich ein Abstieg der US-Welt-
macht einmal vollziehen, vielleicht nach einem vorläufigen sozia-
listischen Bankrott. Dabei kann man an die Art der akkumulierenden
mechanischen Fortbewegung denken. Seit der Erfindung des Rads, der
Dampfmaschine, des Benzin- und Dieselmotors, des Propellers an
Flugmaschinen bis hin zu Turbinen, Raketenmotoren, die Satelliten
ins All und Kosmonauten auf den Mond transportieren, zeigen die
verwendbaren Energien eine temposteigernde Tendenz, im positiven
Sinn, wie in der zunehmenden Schädigung der Welt, in der wir leben, im negativen Sinn. Das biologische Pendel einer lebens-
steuernden Kraft schlägt immer nach zwei Seiten aus. In den 70iger
Jahren hatten die USA zwar den Mond aber nicht sich selbst
erreicht.
Eduard Schall bekam einen Brief eines alten Schulkollegen, der als
Forstmeister im Freistaat Bayern arbeitete, der schrieb:

"Lieber Eduard,

Ich erfuhr erst jetzt von Deinem Vetter in B., dass Du
Dich vor längerer Zeit schon aus unserem alten Europa in
die Gefilde der einstmals neuen Welt abgesetzt hast. Ich
habe viel in L. zu tun, wo wir in einer unseren nachpu-
bertären Phasen in ein Konvikt und ein Gymnasium verbannt
waren. Am vergangenen Wochenende war ein grosses Stadtfest
in L. mit Musik, Tanz, Gesang, Essen und Trinken. Es war

ein ausgelassenes Fest mit Pauken und Trompeten. Die Fröh-
lichkeit zwischen den eng zusammengerückten Fachwerkhäu-
häusern wurde bei mir etwas gedämpft, weil eine der Musik-
kapellen in der Nähe der Aussenmauer des Gefängnisses pos-
tiert war. Man kann Erinnerungen nie ganz wegwischen, denn
ich dachte daran, dass Du einmal hinter diesen Mauern, vor
der so lustig die Musik spielte, ein Wochenede lang einge-
kastelt warst, weil dieser sture und blöde HJ-Bannführer
Robert Höpfl Dich dazu verdonnert hatte, wegen Dienstverweigerung und Verunglimpfung von Heimabenden mit Lesungen
aus "Mein Kampf"! Du hattest damals noch Glück, dass Du
nicht nach Dachau oder in ein anderes KZ kamst! Der Robert
Höpfl hat seit Jahren hier in L. eine gutgehende Zahnarzt-
praxis. Deine damalige Freundin ist bei dem Franzosen in
Paris, wegen dem sie mit geschorenem Kopf und einem Schild
um den Hals in eben diesem fröhlich feiernden Städtchen
geführt und bespuckt wurde, weil sie sich mit dem damals
kriegsgefangenen französischen Koch bei küchenechnisch
unüblichen Tätigkeiten erwischen liess. Damals warst Du
schon lange weg von L. und absolviertest über Thüringen
Deine Übungsflüge bei der grossdeutschen Luftwaffe.
Ich war im Forstdienst u.k. geschrieben und wurde so
vom Heldentod verschont. Ja, damals.......wehten noch
neben den weissgelben Fahnen am Kirchturm die blutigroten
mit dem weissen Kreis und dem schwarzen Hakenkreuz, wie
das eben in gutbürgerlichen Bezirksstädtchen so üblich
war. Wo Kirche, Rathaus und Gefängnis zentral gelegene und

nicht zu übersehende Institutionen geistlicher und profa-
ner Macht auch heute wieder darstellen. Vielleicht sollte
ich Dich an diese Dinge und Vorfälle nicht erinnern, wo Du
doch jetzt in einem Land der ungeahnten Möglichkeiten lebst,
wo es riesige Wälder gibt, der Rododendron wild wächst und
neben den anderen Wildarten das Dear springt.
Ich würde mich freuen, von Dir wieder einmal zu hören bzw.
ein paar Zeilen zu lesen!
Ich grüsse Dich vielmals in alter Verbundenheit und
verbleibe   Dein   Hans Richter."

Eduard Schall las den Brief und noch einmal wurde ein Ab-
riss von Erinnerung in ihm lebendig, der niemals absterben konnte.
Diese im Brief erwähnten Aktivitäten eines Jüngings, der einem
Bannführer, mit goldenem HJ-Abzeichen an der Uniform, ins Gesicht
sagte, wie beschissen er, entsprechend der Parteifarbe, diese Zeit
seiner Jugend unter dem braunen Zwang empfinde, standen greifbar
vor Eduard Schall. Obwohl fünfundzwanzig Jahre inzwischen verflos-
sen waren. Etwa zur selben Zeit, da das geschorene Mädchen über
das Kopfsteinpflaster des Städchens geführt und bespuckt wurde,
versah Eduard Schall am Zaun des Flugplatzes in Nordhausen seinen
Wachdienst nach einem Angriff englischer Jagdbomber. Neben herum-
liegenden, zerfetzten und in Splittergräben verschütteten Kameraden waren Bombenblindgänger zu entfernen. Für die Arbeit an den
nichtexplodierten Bomben hatte man KZ-Häftlinge aus dem Lager Dora
geholt. Das war ein Aussenlager des KZ Buchenwald, in dem V1 und
V2 Raketen montiert wurden, seit Peenemünde von der Royal Air
Force zusammengebombt war. In den Stollen des nahe Nordhausen ge-

Skizze: Gefängniszelle in der E.Sch.
wegen H J –Dienstverweigerung einge—
sperrt wurde (1942)

Skizze: Mädchen mit geschorenem Kopf
wird durch die Strassen einer Kleinstadt geführt und bespuckt.
Grund: Liebesverhältnis zu einem
französischen Kriegsgefangenen (1943)

Skizze des Kapos der dem SS-Hauptscharfge
für Bombardstellung auf dem
Flugplatz in Nordhausen aufsicht.

NZ – Napo

Skizze: Nordhausen 1943, KZ–Brutalität

S S – Offizier
misshandelt einen Häftling

1 American Football
Dollarexpression

2/3

2/3 US-"Liberty" 68/69

4/5 Ale house Typen

6 Academic US-Force

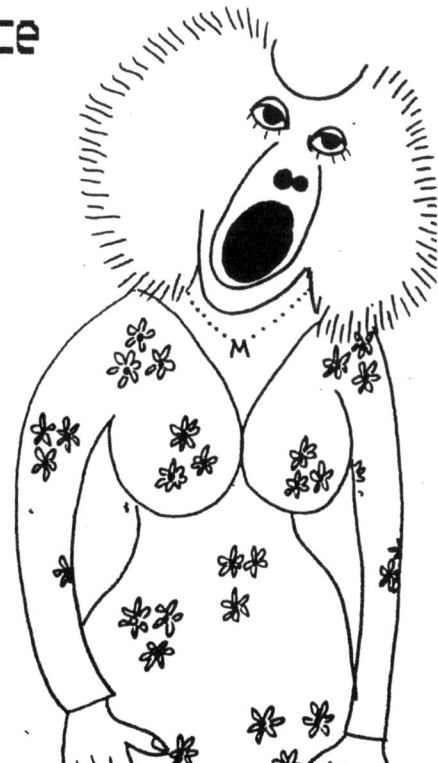

7 Hysterica

6

Should a businessman invest in art?

Yes may be your answer after you've read this extraordinary offer of a major new series by the renowned American artist, Robert Rauschenberg. At this time, it is being made available exclusively to FORTUNE readers at a significant savings for a short period prior to national gallery sale. The series will be produced in a limited original edition of 45, numbered and signed by the artist.

Some of the world's finest art treasures are found in the private and corporate collections of FORTUNE readers. And the magazine has traditionally commissioned celebrated artists to enhance its pages. The matching of these interests has led to this unique offer.

Rauschenberg's brilliant creations appear in leading museums and in outstanding personal and corporate collections. The artist describes this new effort as an attempt to produce in a 45-set edition the substantial and unique values of his single hand-screened paintings. Each set consists of four self-supporting units. A single unit measures approximately 4-feet square.

For the first time, Rauschenberg is using large mirror-coated plexiglass panels as a background to illuminate the elaborate and complex images for which he is noted. The reputation of the artist and the size and concept of this series make it an exceptional event in the world of art.

The pre-gallery sale price of the complete series —four units—is $7,000. It will later be offered on public sale for $8,000. Individual units may be purchased through this FORTUNE offer for $1,800. The gallery price for each unit will be $2,100.

The increasing market value of Rauschenberg's existing works makes this offer doubly appealing. It will not only provide the personal satisfaction and pleasure that comes from owning great art, but it is a sound investment as well.

FORTUNE presents this unusual opportunity in association with two of the most successful organizations in the contemporary art field. Multiples* is a publisher specializing in limited edition art. Its offerings have been purchased by museums, corporate collections and individuals. Castelli Graphics represents many of the greatest artists of our time— including Frank Stella, Roy Lichtenstein, Jasper Johns, and Robert Rauschenberg.

For a brochure containing full details please write to Ms. Charles A. Whittingham, Assistant Publisher, Fortune, Time & Life Building, Rockefeller Center, New York, N.Y. 10020. Or call (212) 556-3482.

8 Advertisement "FORTUNE"

9 Straßentypen in Philadelphia

10

10 Kleine Rebellion

21./22. July 1969

FKB

11

11 Amerika hat den Mond erreicht....

12

12 Eheberaterin am US-TV

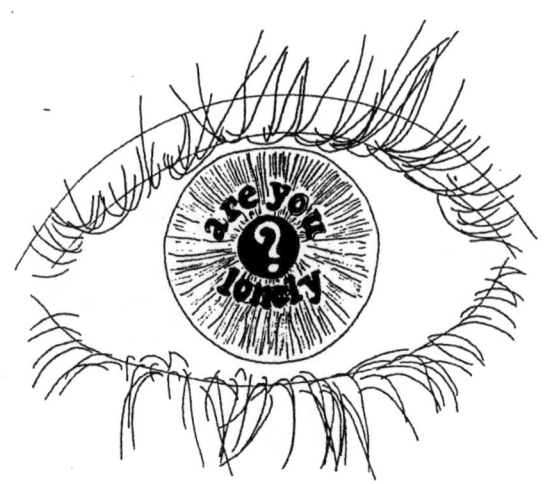

13

13 Einsamkeit

14

14 Haushaltsstilleben

15

Rückenpartien reifer Amerikanerinnen beim Fischen am Atlantik

15 Fischerfrauen am Atlantic

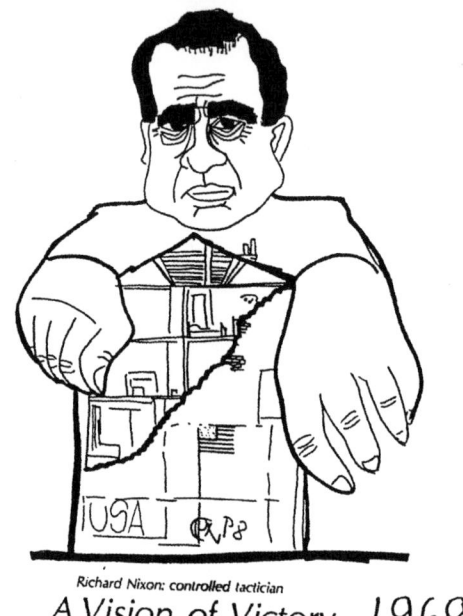

Richard Nixon: *controlled* tactician

A Vision of Victory 1969

16 "Tricky Dicky" FKB

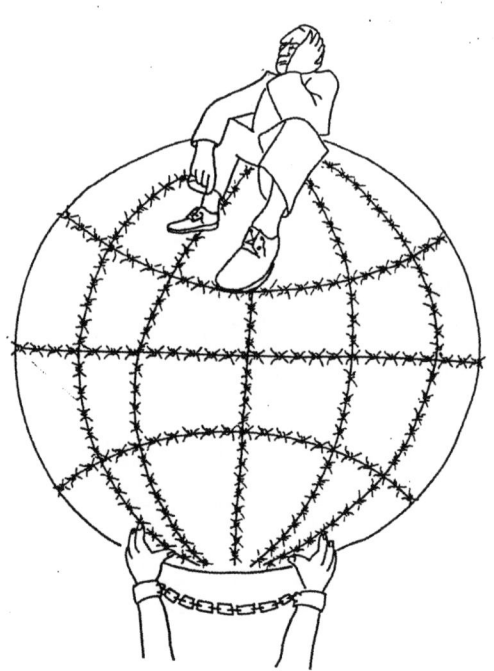

17 Depression

18 Black Panther

18

19 Weiß >>>> Schwarz

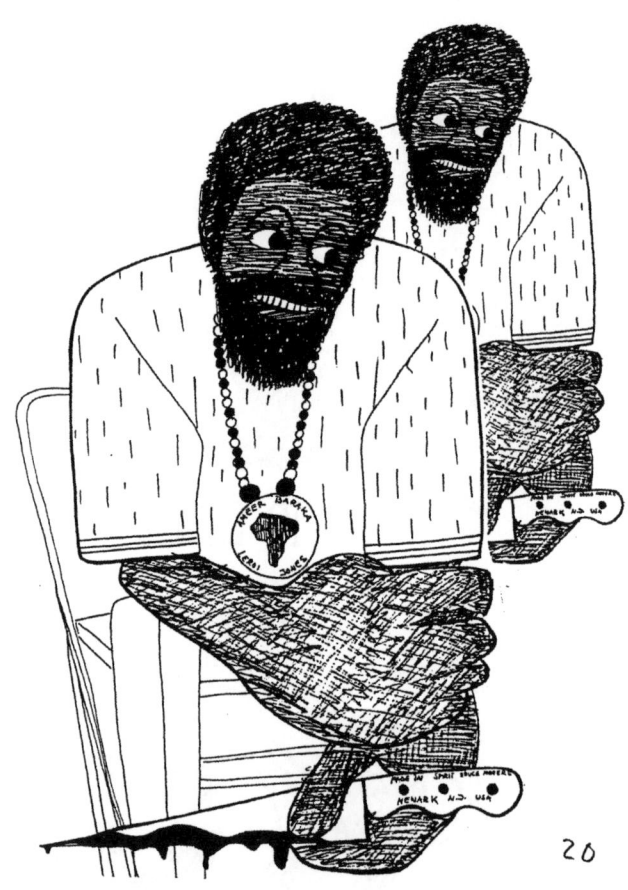

20 Militanter Ameer Baraka
Leroi Jones

21 Rabbiner New York PKB 70

22 Am Kennedy Airport

Fußball
voller Einsatz

23

Deutscher Rentner 1989

24

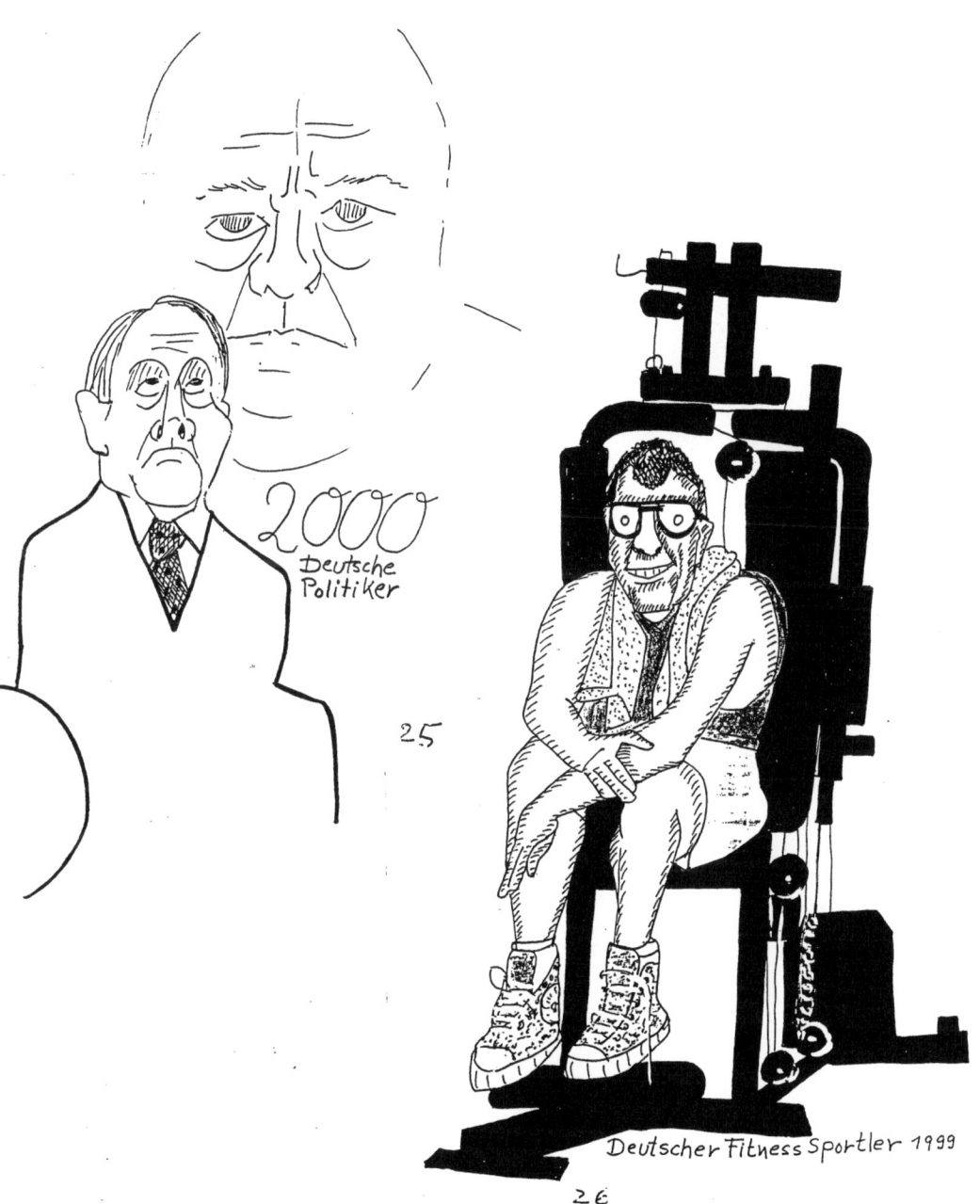

2000
Deutsche
Politiker

25

Deutscher Fitness Sportler 1999

26

Deutsche
Tennisspielerin

27

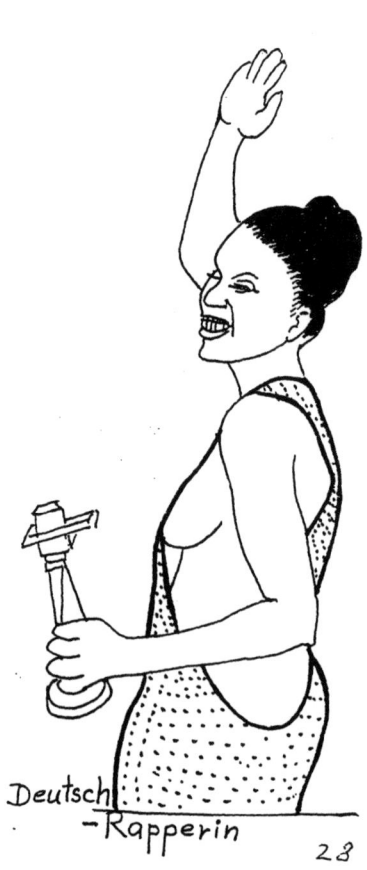

Deutsch
-Rapperin

28

Deutsche 1999

29

Deutsche TV-Moderatorin:
Medizin, 1999

30

legenen Salzbergwerks vegetierten mehr als 20 000 Sklaven in blau-
grauzebragestreifter Arbeitskleidung. 48 Jahre später besuchte
Eduard Schall die Gedenkstätte des KZ-Lagers "Dora-Mittelbau" bei
Langensalza, bei Nordhausen am Harz gelegen. Autentische Berichte
liegen heute dort auf, Dokumente sind in Glasvitrinen konserviert
und Besucher können sich über die Greultaten orientieren, die damals, fast unbemerkt, einige Kilometer vom Flugbetrieb der Bord-
funkerschule, zwei Jahre vor Kriegsende, ereigneten. "Für mich
war Dora das schlimmste Lager. Durch Arbeit wurden hier die
Menschen kaputt gemacht.", berichtet Häftling Nr. 74557, Ewald
Hanstein *. "Die Nazis wollten den Krieg noch gewinnen mit dieser
Waffe (V1,V2). Deshalb hat man an Häftlingen alles reingeschoben,
was nur ging. Wer nicht konnte, der wurde erschossen, oder die
Transporte gingen wieder ab, zurück zu den andern Lagern. Dort
sind sie dann umgekommen." Ein Häftling* hat der Gedenkstätte
einen original Mundknebel zur Verfügung gestellt. Ein rundes
Querholz, in der Dimension einer Vogelkäfigsitzstange, etwa 12 cm
lang, an deren eingekerbten Enden dünne Drähte befestigt sind.
Vor der Exekution wurden den Delinquenten das Querholz in den Mund
zwischen die Zähne gepreßt und die Drahtenden im Genick verknotet.
Auf dem Original sind noch Einbissspuren zu erkennen. Mit dieser
Methode wurden zum Tod verurteilte Häftlinge daran gehindert,
Widerstandsparolen den auf dem Apellplatz vor dem Galgen
angetretenen Mithäftlingen und SS-Henkern zuzuschreien. Der Pole
Leon Pilarski* aus Bromberg, Häftlingsnummer 1245, sagt dazu
aus:"Wir waren schon auf dem Weg zur Nachtschicht in den Stollen,
da wurden wir auf den Apellplatz befohlen. Eine Kapelle spielte
auf ihren Geigen. Dann hat die SS 30 Männer gebracht, alle hatten

den Mund verknebelt. Vor unseren Augen wurden alle aufgehängt."
Dokumente belegen, dass am 10. Dezember 1943 u.a. auch der von
Hitler "geliebte", Originalton A.H., Reichsminister für Bewaffnung
und Munition, Albert Speer, diese unterirdische Fabrik besichtig-
te. Seit August 1943 bohrten, schossen und sprengten KZ-Häftlinge
ein 20 kilometerlanges Höhlensystem in das ehemalige Salzbergwerk.
Spezialtransportwagen der Reichsbahn konnten von Lokomotiven an
einem Tunneleingang in den Berg eingefahren und mit Raketen beladen am anderen Tunnelende auf der jenseitigen Bergseite herausge-
schleppt werden. Im Kriegsverbrecherprozess in Nürnberg war dieser
Besuch Speer's noch nicht aktenkundig und erlaubten es ihm, an der
Wahrheit vorbeizureden. In seinen Erinnerungen 1969 nannte er die
"Verhältnisse für diese Häftlinge in der Tat barbarisch". Aber da
hatte er seine vom Militärtribunal Nürnberg verhängten 20 Jahre in
Spandau abgesessen und war seit drei Jahren ein freier Mann bis zu
seinem Tod 1981 in London.
*(Alle zitierten autentischen Dokumente wurden 1992 vom Autor in
der Gedenkstätte "Dora-Mittelbau" eingesehen).
Nur einen Hauch von dieser Dora-Mittelbau-Brutalität bekam Eduard
Schall zu spüren, als er mit einem Karabiner am Flugplatzzaun
Wache stand. Etwa ein Dutzend geschundener Arbeitssklaven in den
grauweiss gestreiften Jacken und Hosen kamen 1944 am Standort
Eduard Schall's vorbei. Sie hatten ohne Zwischenfall englische
Bombenblindgänger entschärft und beseitigt. Sie waren ja mit fein-
mechanischer Arbeit in den Salzstollen vertraut gemacht worden.
Der Marschtrupp der KZ-Gefangenen wurde von einem SS-Offizier im
Rang eines Leutnants angeführt. Eine frische Zigarette rauchend,
mit blitzenden schwarzen Reitstiefeln näherte er sich Eduard

Schall, als er plötzlich die halbangerauchte Zigarette hinter sich
warf. Die ersten und alle nachfolgenden Reihen der KZ-Gefangenen
ignorierten die qualmende halbe Zigarette, bis auf einen kleinen,
mickrigen Zebrasklaven. Der schnappte sich die Kippe vom Boden und
zog hinter zusammengepressten Fingern beider Hände an dem Zigaret-
tenrest. In diesem Augenblick wendete sich der SS-Offizier um und
sah den Rauch aus den Handmuscheln des Kleinen hochsteigen. Eduard
Schall musste beobachten, wie der SS-Offizier sich auf den
verbotenerweise paffenden Gefangenen stürzte und diesen mit Fäusten und Fusstritten bearbeitete, dass diesem das Blut aus Mund und
Nase kam. Das goldene HJ-Abzeichen an der linken Uniformbrust des
SSlers sah Eduard Schall erst, als dieser von der ausgehungerten,
einst einem Menschen gleichenden noch lebenden, blutenden Figur
abgelassen hatte und vor ihm stand, denn er fühlte sich
gemassregelt, als Eduard Schall rief: "Hören Sie doch auf! Sie
erschlagen ja diesen armen Menschen!" "Wie heissen Sie?" "Flieger
Schall!" "Sie haben ein unheimliches Glück, dass ich heute gut
aufgelegt bin! Andernfalls würde ich Sie bei Ihrem Flugplatz-
kommandanten anfordern, dann bekämen Sie von mir im Lager eine
Lektion, die Sie ihr Leben lang nicht vergessen würden! Haben Sie
mich verstanden, Flieger Schall?" "Jawohl!"
Er hat diese Lektion, auch ohne selbst SS-Prügel bezogen zu haben,
nie vergessen. Später erfuhr er, dass "Kippenstechen" im KZ auch
mit dem Tode bestraft wurde und dass der Raketenkonstrukteur BRAUN
das Lager Dora-Mittelbau besichtigt hatte. Seine V1 und V2 Raketen
flogen damals "gen Engeland". Ende 1944 gingen auf Antwerpen 5500
V1- und 1500 V2-Raketen nieder. Produziert im Lager "Dora-
Mittelbau".

Pro V1-Rakete 2000 Arbeitsstunden, Preis 600 Dollar, errechnete ein amerikanischer Fachmann. Die Raketen töteten oder verletzten schwer zehntausende Menschen, darunter viele amerikanische Soldaten. Wernher von Braun, geboren am 23. März 1912 in Wirsitz bei Bromberg, wurde 1968 nicht zum Ermittlungsausschuss zum "Dora-Prozess" vorgeladen, der viele Tatsachen, auch seinen Besuch bloslegte. In der heutigen Gedenkstätte, die den Tod von mindestens 2300 Häftlingen in der Zeit von Oktober 1943 bis März 1944 dokumentiert, ist der geniale Raketenbauer auf Fotos abgebildet. Sie zeigen ihn in den Stollen des KZ-Lagers Dora-Mittelbau, neben Leichenbergen von gestreiften Arbeitssklaven. In den Medien der USA wurde dieser Mann gefeiert. Er hatte von Cape Caneveral erfolgreich die Mondrakete gestartet. Seine V1- und V2-Raketen hatten, ausser den vielen Leichen in den "Dora-Stollen", bei der unnötigen Kriegsverlängerung Tote auch in der Zivilbevölkerung England's gefordert. Eduard Schall bemerkte, dass es ihm immer schwerer fiel, die grausame Schizophrenie einer weltweiten, maskierten Bourgoisie zu begreifen. Die Lehren eines "Humanistischen Gymnasiums" waren entweder eine Farce gewesen oder ab sofort ausser Kraft gesetzt!

Judy Meiersman arbeitet als Sekretärin an der Universität und wohnt in einem Apartement mitten im Ghettobezirk, nahe der Vet-School. Allein das ist schon etwas cracy. Aber sie will für die Miete möglichst wenige Dollars ausgeben. Ihr Vater war aus Schweden nach den USA gekommen und hatte zusammen mit einem Kompagnon eine Lack- und Farbenfabrik erworben. Er wohnt im US-Staat Delaware einige Stunden von Philadelphia entfernt. Judy hatte in München einige Semester Germanistik studiert. Manchmal unterhält sie sich mit Eduard Schall in deutsch. Besucht sie ihr Elternhaus, fährt sie mit ihrem alten Chrysler mit überhöhter Geschwindigkeit über den Highway. Sie spielt das Speed-limit-Game, wie sie es nennt. Für jede Meile, die sie über die erlaubte Geschwindigkeit fährt, setzt sie einen Dollar ein. Wird sie dabei erwischt, zahlt sie, kommt sie heil zum Apartment, steckt sie die Hälfte des Dollareinsatzes in eine alte Kaffeebüchse. Da ihr Chrysler, wie erwähnt, schon etwas älter ist, kommen dabei keine Riesensummen in die Büchse hinein. Würde sie einen Porsche fahren, würde das Spiel sicher anders laufen. Aber Ghetto und Porsche passen nicht so gut wie Ghetto und alter Chrysler zusammen.

An einem stickigen Sommerabend kommt Judy ohne Strafmandat in die Hamiltonstreet und parkt ihren Chrysler mit heissem Motor vor ihrem Apartmenthaus. Sie steckt ihre Brille weg, die sie zum Autofahren braucht, nimmt ihre Handtasche und steigt aus dem Wagen. Kräftige Hände packen sie. Drei schwarze Kerle schleifen sie in eine dunkle Ecke. Einer hält ihr den Mund zu, als sie schreien will. Die Burschen lachen heisser, als sie mit den Beinen kickt und sich wehrt. Unter ihrem Rock wir der Slip zerrissen, hart werden ihre Beine auseinandergedrückt und der erste steife Penis wird in ihre Vagina gestossen. Judy gibt es auf sich zu wehren, als auch der zweite und dritte Penis in sie dringt. "Glücklicherweise" sind dieKerle so aufgegeilt, dass jeder nach einigen Stössen ejakuliert. Judy kommt aus den Schraub-stöcken der Hände frei, die Kerle verschwinden im Dunkeln und sie liegt im Dreck. Die Zähne der Reissverschlüsse hatten ihre Scham-lippen und Oberschenkel zerschrammt. Sie steht auf, zieht den zerfetzten Slip ganz herunter undwirft ihn in eine Mülltonne.

Irgendwo findet sie ihre Handtasche, die Kerle hatten es vergessen sie mitzunehmen. Judy fischt Haus- und Wohnungschlüssel heraus und öffnet die Haustür. Sie steigt zwei Treppen hoch und steckt den Schlüssel ins Schloss ihres Apartments. Ihre Katze empfängt sie und schnurrt um ihre verdreckten Beine. Judy streichelt ihr das weiche Fell und füllt ihr den Fressnapf mit Whiskas und Brekkies. Während die Katze frisst, zieht sich Judy die Kleider über den Kopf und setzt sich auf die Toilette. Sie uriniert das meiste des Ejakulatcocktails in die Closchüssel und dreht im Sitzen das Wasser in der Badewanne an. Mit einem Kleenex wischt sie sich trocken und starrt in den Spiegel. In ihrem Rücken rauscht das Wasser in die Wanne. Sie betrachtet ihre Brüste, deren Warzen zusammengezogen sind. Mit einem kurzen Ruck wendet sie sich vom Spiegel ab. Mit langen Beinen steigt sie vorsichtig in die Wanne und dreht das Wasser ab, dessen Dampf den Spiegel blind macht. Sie liegt in der Wanne und verschränkt ihre Arme, hält ihre festen Brüste in den Oberarmen und starrt an die Wand. Die Katze, satt vom Fressen, springt auf den Wannenrand und schnurrt. Judy streichelt mit nasser Hand ihren roten Tiger. Bei der letzten Vergewaltigung, im vergangenen Jahr, waren es nur zwei Kerle. Weil sie sich wild wehrte, dauerte es eine Ewigkeit, bis die geilen Hundesich an ihr fertig gemacht hatten. Judy steigt aus der Wanne, trocknet sich ab, cremt ihre Hautrisse ein und massiert die schmerzenden Stellen an Armen und Beinen. Sie hat Hunger und holt sich ein kaltes gebratenes Steak aus der Eisbox und Gurken und Käse. An der Apartmenttür dreht sich ein Schlüssel. Es ist Leo, der aus seinem Fotostudio kommt. Judy grüsst ihn lachend und fragt, wie sein Tag war. Leo brummt irgendetwas, das wie

"allright" klingt und wirft sich auf die Couch, wo er einschläft.
Lächelnd betrachtet Judy ihren Genossen froher Alltags- und
Allnachtsstunden. Leo war mosaischen Glaubens und seine schwarzen
Haarlocken kontrastierten zu Judys hellblonden Kurzhaaren. Sie
rollt sich zusammen und denkt unter einer Bettdecke darüber nach,
ob sie das Apartment oder die Partnerschaft oder beides wechseln
sollte. Vor fünf Jahren hatten sie zusammen ein Kind produziert,
das Judy sofort nach der Geburt zur Adoption frei gab. Sie wusste
nicht, ob es ein Mädchen oder ein Junge war. Während und nach der
Geburt hatten weder sie noch Leo das Kind gesehen.
Eduard Schall hörte Tage nach der Gewalttat sich die Schilderung
von Judy Meiersman an. Er war innerlich erstarrt über die kühle
Art, wie Judy das Ereignis schilderte und wie sie alles gleichsam
in einen Ordner geheftet in einen psychischen Aktenschrank weg-
stellte. Sie wusste, den Vorfall im Polzeirevier anzuzeigen wäre
gefährlich und andererseits würden die Cops sie auslachen, denn
welches weisse Mädchen mit einem bürgerlichen Beruf mietete ein
Apartment in einem schwarzen Ghetto. Judy M. wird am Montag neun
Uhr vormittags wieder vor der Schreibmaschine sitzen. Doppelter
Durchschlag über der Walze im kleinen Office mit dem akten-
ordnergrossen Oberlichtfenster. PC's waren in der von Washington
Vet-School der Uni noch nicht im Gebrauch. Beim zurückdenken an's
vergangene Wochenende könnte es Tippfehler geben. Das Telefon wird
brummen:"Doktor, bitte heben Sie ab? Ihre Frau!" Der Doktor wird
wieder diktieren in perfektem amerikanischem Englisch.
Stilkorrekturen unerwünscht. Judy M. wird auf die Kalenderdaten
schauen. Zwei schwarze Zahlen vor dem roten Datum. Fünf Uhr
nachmittags. Sie wird die Maschine abdecken. Sie wird

Treppenstufen zur Strasse hinuntergehen. Sie wird ihren alten
Chrysler betrachten. Haben die schwarzen Nachbarn wieder die
neulizensierten Nummernschilder abmontiert und "leihweise" an
einem ihrer Karren für ein paar Stunden angeschraubt ? Nein!
Judy M.wird zur Küste des Atlantiks in New Jersey fahren. In Wind
und Wellen wird sie ein bischen Erholung tanken und auf dem
Holzbohlenweg von Atlyntic City am Abend an den illuminierten auf
Stelzen stehenden Strandhäusern der sehr wohlhabenden, abseits der
vergammelten Buden der Farbigen, vorbeiflanieren.
Eduard Schall konnte Judys Denk- und Lebensweise in seinem europäischen Hirn nicht nachvollziehen. Ein psychoanalytisches Nach-
denken ersparte er sich, es wäre eh sinnlos uneffektiv gewesen.
Judy Meiersman liess es ein Geheimnis bleiben, wie sehr und ob
ihre Seele verletzt war. Sie hatte sich so fest zugemacht, wie
eine noch lebendige Miesmuschel und niemand wird je erkennen, ob
darin eine Perle fest eingeschlossen liegen könnte.
Max Frey und Johann Kasove treffen sich, wie gewohnt mit offenen
Augen und Ohren zu Debatten bereit, mit Eduard Schall, der von
seiner Tour nach Las Vegas und San Franzisko berichtet.

Eduard Schall: "Mein Vertrag läuft an der Uni aus. In Kanada
haben sie mir einen Job angeboten. Ich soll in Saskatoon in ein
paar Wochen einen Vortrag über Herzschäden halten. Ein Dauerjob
wäre gut bezahlt, Haus vorfinanziert."
Max Frey: "Sie sollten doch in Missouri Ihre Karriere
fortsetzen!"
Eduard Schall: "Würden Sie es wagen, am Missisippi Ihr Glück zu
versuchen? Der Schuldiener Wendell Johnson, der dort aufwuchs, hat

uns doch etwas von den Rassisten, die dort das Kommando führen, erzählt!"

Max Frey: "Ja, ich könnte dort nicht leben!"

Eduard Schall: "Eben, ich auch nicht!"

Johann Kasove: "Dann müssen Sie nach Saskatoon fliegen und sich dort einmal umsehen!"

Eduard Schall: "Westkanada ist verdammt kalt und Sandra weigert sich dorthin mitzukommen!"

Johann Kasove: "Das Lamento kommt mir bekannt vor."

Kapitel 4

Saskatchewan, Saskatoon - Kanada.

Eduard Schall fliegt in den Westen Kanadas nach Saskatchewan. Er ist warm angezogen, als er aus dem Flugzeug steigt und von dem Chief des Departments der Uni empfangen wird. Es ist ein heisser "Indian Summer", der Chief holt ihn am Airport in Saskatoon im T-Shirt und Jeans ab. Eduard Schall schwitzt in seiner Baumwollunterwäsche, die er sich in Philadelphia angezogen hatte. In einer Bar am Airport trinken sie ein Cola. Neben ihnen lacht ein Eskimomädchen ohne Unterbrechung. "Eskimos lachen, wenn Sie weinen!" wird Eduard Schall belehrt. Wahrscheinlich ist der Ehemann oder Freund des Eskimomädchens abgereist. Auf dem Weg zum Auto sieht Eduard Schall vor einigen Stores und Bars betrunkende Eskimos hocken.

Der Chief fährt mit Small Talk zu seinem Haus, wo eine rüstige Frau mit blondem Haar und festgeknotetem Dutt im Reigen einer siebenköpfigen Kinderschar ihren Mann empfängt, der Eduard Schall im Schlepptau hat.

Am vollbesetzten Esstisch wird ein Platz für Eduard Schall frei gemacht. Er sitzt vor seinem Teller und den mit dampfendem Essen beladenen Schüsseln. Bevor die Essensschlacht beginnt, falten sich 18 Hände zum Gebet. Eduard Schall legt auch seine Hände übereinander und senkt andächtig sein Haupt. Nach dem Essen zieht sich der Chief warm an, nimmt zwei Wolldecken, verabschiedet sich von seiner vielköpfigen Familie und geht mit Eduard Schall zm Eishockyspiel. Ausser Anfeuerungsrufen für die Spieler auf dem Feld, die auf den Puck und gelegentlich auf einen gegnerischen

Spieler einschlagen, dafür auf der Penaltybank landen, passiert
wenig.

Wieder im Haus des Chiefs versucht nachts Eduard Schall zu
schlafen und sich in Gedanken auf den morgigen Vortrag vorzuberei-
ten, den er wie gewohnt entsprechend illustriert. Ein Bild sagt
mehr aus als hundert Worte. Vor der kanadischen hohen Schule kann
Eduard Schall auf dem Parkplatz eiserne Pfosten sehen, an deren
oberen Ende Steckkontakte angebracht sind, Anschlüsse für Elek-
trokabel, mit deren Hilfe im strengen Winter die Motorblöcke
erwärmt werden, damit das Öl genügend flüssig bleibt, wenn nach
längerem Stehen das Auto gestartet werden muss. Er blickt auch auf
die Stadt Saskatoon. Eine grosse Anzahl Türme von Kirchen ragen in
den Himmel, die wahrscheinlich die Zahl der Liquorstores übertra-
fen. Nachdem man ihm die Fakultät, die in einem ziemlich neuen Be-
tonbau untergebracht ist, mit allen Institutionen und technischen
Einrichtungen bei einem Rundgang vorgeführt hatte, wird er zum
Bier im Fakultätsklub eingeladen. Wegen der vielen Engländer, die
in den verschiednenen Departments arbeiten, geht es sehr british
zu. Es gibt ein braunes, schaumloses Ale.

Deutsche kannte man hier vornehmlich als sesshaft gewordene
Kriegsgefangene, die bei den Farmern gearbeitet hatten. Beim
Rundgang und in Gesprächen konnte er feststellen, dass hier in
erster Linie die "Animal Industry" tierärztlich versorgt wird.
Sein Vorgänger, so erzählte man Eduard Schall, war ausgeschieden
und hatte sich in der Stadt eine Privatpraxis eingerichtet. Die
paar Hunde, die in der Kleintierabteilung im Monat an der Uni
versorgt werden, würden eine akademischen Karriere, die alte und
neue Fakten sammeln und wissenschaftlich auswerten musste, nicht

Wie schon vor Wochen im Schriftverkehr vereinbart, bereitete Eduard Schall einen Fishing Trip zu einem der vielen Seen vor. Er kauft sich eine Angelgerte und das nötige Zubehör, leiht sich einen kräftigen, dicken Strassenkreuzer und macht sich auf einen der Highways, die schnurgerade das Land durchziehen. Er kommt an Farmhäusern vorbei, die vereinzelt in der birkenbewachsenen Tundra stehen und hält an einem Steg, der in das klare Wasser eines Sees führt. Er nimmt die Angel und wirft einen Blinker aus. Schon beim dritten Wurf beisst ein Hecht an. Eduard Schall löst den Haken und setzt ihn ins Wasser zurück. Dann fährt er weiter zu einem sehr grossen See, an dessen Ufer kleine Buden, Kabinen für Fischer, stehen.

In einem solid gebauten Haus ist die Rezeption. Hier werden Lizenzen ausgegeben. Ein freundliches Ehepaar empfängt ihn. Es spricht deutsch. Nach einer kurzen Unterhaltung erfährt Eduard Schall, dass die Angelsaison schon beendet sei. Der Berufsfischer sieht das enttäuschte Gesicht Eduard Schall's und lacht: "Sie können aber trotzdem zwei Tage bei mir hier fischen. Um diese Jahrszeit kommt kein Inspektor mehr zur Kontrolle. Sie müssen nur aufpassen, dass Sie rechtzeitig wieder hier wegkommen, denn in den nächsten Tagen sind Blizzards mit viel Schnee zu erwarten. Sie sitzen dann hier fest, bis die Schneepflüge die Highways wieder frei gemacht haben!"

Ungeachtet der drohenden Gefahr mietet Eduard Schall eine "Fishing Cabin", bekommt von der Fischerfrau einen Stapel Wolldecken in die Arme gepackt, denn "Sie werden die Decken brauchen, wenn es in der Nacht kalt wird. Der Ofen in der Cabin wird nicht genug Wärme abgeben. Und achten Sie auf die Wagen der Zigeuner, die weiter weg

Mädchen an. Aber lassen sie die Finger weg! Wir können Sie mit dem Nötigsten versorgen.!" Eduard Schall geht mit Essen und Bier versorgt zur Cabin, holt Gepäck und Angelzeug aus dem Wagen und schliesst seine Cabin auf, wo ihn ein Wandspruch empfängt: "Fisherman never die, they only smell that way.", Angler sterben nie, sie stinken nur so!

Zur gemieteten Fischerhütte gehört ein Kanu, das Eduard Schall noch am Spätnachmittag besteigt, hinausrudert und zu Blinkern beginnt. Aber kein Biss, nichts rührt sich. Enttäuscht kehrt er zur Cabin zurück, macht im Blechofen mit Herdplatte Feuer, haut Eier und Speck in eine Pfanne, die er von der Wand nimmt und trinkt dazu ein richtiges Bier, kein Ale. Wie vorausgesagt wird es bitterkalt in der Nacht. Trotz vier Wolldecken, die er über sich schichtet, friert er. Seine Nase und seine Ohren sind kalt. Ab und zu steckt er seinen Kopf unter eine der Decken. Viel Schlaf hatte er nicht gefunden, als der Morgen dämmert. Er stärkt sich mit Brot und Bier und besteigt wieder das Kanu. Endlich nach zwei Stunden auf dem See ein sehr kräftiger Ruck an der Angel. Von der surrenden Rolle zieht es an die fünfzig Meter Schnur ab, bis Eduard Schall den Fisch stoppen kann. Es muss ein Kapitaler sein und auf der Rolle ist nur eine achzehn Pfund Testleine! Nach etwa dreissig Minuten Kampf, gelingt es Eduard Schall den Fisch vorsichtig in eine seichte Uferregion zu dirigieren. Jetzt erkennt er, was er gehakt ha! Einen grossen Hecht, von etwa dreissig, vierzig Pfund. Das Dreifache an Grösse und Gewicht eines Hechtes, den er vor Jahren in einem deutschen See gefangen hatte. Mit einiger Mühe und einem Kescher landet er den Hecht. Eduard Schall tut es fast weh, dem Fisch, der ihn mit gelben grossen Augen an-

Im Haus des Fischers wird der Hecht gewogen. Achtunddreissig Pfund! Dem Fischer gibt er froh gute kanadische Dollars und seine Angel für irgendeinen Besucher in der nächsten offiziellen Fishingsaison. Die Fischerfrau bekommt die vier Decken zurück und Eduard Schall belädt sein Auto. Die Fischersleute winken ihm nach. An der Wegkreuzung stehen die Zigeuner vor ihrem Wagen. Eduard Schall fährt nach Saskatoon zurück. Am Autoradio hört er, dass für den Abend ein Blizzard angekündigt ist. Brummend, mit viel Gas entwischt Eduard Schall dem Schneesturm, der Wege und Tundra wenige Stunden später zuweht.

Eduard Schall, landet am Haus des Chiefs, der ihm hilft das Drumm Fisch in Kunsteis zu packen und ihn zum Airport begleitet, wo ein Jet via Toronto - Chikago - Philadelphia startet.

In Philadelphia präpariert Eduard Schall den Fisch auf dem Sektionstisch, nagelt ihn auf ein Brett und schenkt ihm seinem Sohn, der ihn ausgestopft, mit farblosem Lack überzogen über sein Bett hängt. Während des Fishingtrips in Kanda hatte er sich überlegt, dass er in Westkanada weder Karriere, noch sein Privatleben fortsetzen oder beenden wollte. Das teilt er in einem Brief dem Chief in Saskatoon mit. Eigenartiger Weise trifft er den, viele Jahre später, bei einer Tagung in Holland. Auch er hatte Sskatchewan verlassen.

Kapitel 5

"Personal Growth."

Sammelbegriff für tausende Bücher in amerikanischen Buchläden.

New York.

Es ist ein Morgen mit Sonne, welche die Luft in Eduard Schall's Auto aufheizt, auf dem Weg von Philadelphia nach New York. Eduard Schall und Sandra waren geschieden. Sandra wohnte weiter im Haus in der Hazel Avenue in Philadelphia. Eduard Schall war in ein Apartment in der Nähe umgezogen. Er ist einen Schritt weiter als Johann Kasove und Ella. Er braucht Geld, das er als "Interntrainer" in einem Tierschutzhospital offeriert bekam, inklusive eines Zimmers. Da er keine Lizenz im Staate New York besass, war er pro Forma noch Fakultätsmitglied an der Uni in Philadelphia. Allein deshalb, weil in seinem neuen Vertrag vermerkt war, dass die fälligen Social Security Abgaben und die Versicherungen für Blue Cross und Blue Shield, das heisst Kranken- und Krankenhausversicherung von seinem neuen Arbeitgeber nicht übernommen werden. Dafür wurden von der Uni die Arbeitgeberanteile der Versicherungen solange weiterbezahlt, bis er eine Lizenz im Staat New York erworben hätte.

Eduard Schall hört am Autoradio das deutsche Programm. Ein Sprecher preist Schwarzwälder Kirschtorte und Kuckucksuhren an, dazwischen lässt der Komödiant preussische Präsentiermärsche ertönen, danach das Lied "Heimat Deine Sterne". Eduard Schall lacht laut und glaubt zu träumen. Nach zweieinhalb Stunden auf dem

Highway erreicht Eduard Schall die 5. Strasse in New York. In einer Seitenstrasse nahe dem Metropolitan Museum parkt er, isst zwei Frankfurter zu einer Brezen mit Senf und trinkt ein Cola. Er kauft eine New York Times, die berichtet, dass russische Kosmonauten tot in einer Raumkapsel sitzen und die Erde umkreisen. Wieder im Auto hört er am Radio, dass Joseph A. Colombo, ein reputierter Pate der Maffia, von einem Schwarzen drei Revolverkugeln in den Kopf geballert bekam. Der Schwarze war aus New Jersey gekommen, als Jerome A. Johnson identifiziert und sofort von einem "Unbekannten" mit Schüssen umgelegt worden. Bei den Tagesnachrichten wird eine Reportage gesendet. Erstaunt hört Eduard Schall die braven Mafiosi laut beten, angefeuert von einem Priester. Eduard Schall sieht auf den Gehweg, wo ein Farbiger mit einem Mädchen vorbeikommt, das in einer engen Jeans seine Glutäusmuskeln spannt und geniesserisch unter einer braunen Männerhand dreht. Eduard Schall stellt das Radio ab, steigt aus dem Auto und geht ein Stück die Strasse entlang, wo die beiden dahinschlendern und sich nicht durch den protzigen Reichtum der Fensterauslagen und Gebäudeverziehrungen aufreizen lassen, alle Weissen als Pigs anzusehen. Eduard Schall sieht den beiden nach, die in einer Seitenstrasse verschwinden, wo zerbeulte graue Mülltonnen vor Hauswänden liegen, die mit Graffities besprüht sind. Namen, Anklagen und Sehnsüchte! Aus einer offenen kleinen Pinte, ein halbes Stockwerk unter dem Strassenniveau weht die abgestandene Luft armer Trinker und mischt sich mit einer verdunstenden Urinlache in der Ecke eines Treppenaufgangs. Eine fast zahnlose Grausträhnige beschimpft aus einem Parterrefenster ihren auf den Treppenstufen dahindösenden Alten, der verblödet dem jungen Paar

nachblickt, das stehenbleibt und sich noch glücklich vom ver-
schwitzten Morgen abküsst.

Eduard Schall kommt zu einer verkehrsreichen Querstrasse. In
zweiter Reihe parken schwere amerikanische Wagen, in deren Innern
gedämpftes Dunkel nur ab und zu von weissen Augäpfeln und
Zahnreihen unterbrochen. Die schwarzen Limousinen sind angefüllt
mit Schwarzen in Trauerkleidung. Schwarz in schwarz. Die Schein-
werfer der Autos leuchten. Langsam setzt sich die Autokolonne in
Bewegung. Eine vorbildliche Trauergemeinde. Sie fährt über die
Verkehrsampelanzeigen bei grün, gelb und rot, denn Trauer in Autos
mit Scheinwerfern an, hat Vorfahrt in New York. Bei einem Coke in
einer Snackbar hört Eduard Schall weitere Berichte vom komatösen
Colombo, der jetzt in einem Hospital liegt, bewacht von Haupt-
leuten der Mafia aussen und Polizisten im Innern der Klinik.
Lucille Colombo, die ihrem verehrten Mann vor 26, 24 und 20 Jahren
je einen Sohn geboren hat, betet am Krankenbett. Meir Kahane, Rabbiner und Präsident der jüdischen Verteidigungsliga, Barry H.
Gottlehrer, Abgesandter von Bürgermeister Lindsay und auch Sammy
Davis Junior erweisen dem Angeschossenen ihre Reverenz, auch wenn
dieser sie gar nicht wahrnehmen kann. Ein Journalist berichtet,
die Attentatswaffe sei ein Smith-and-Wesson-Revolver gewesen, mit
dem der schwarze Jerome A. Johnson in New Jersey Schiessübungen
abgehalten hätte. Als Zusatz heisst es, der eigentliche "Besitzer"
auf den die Waffe eingetragen war, würde von der ermittelnden
Polizei nicht bekannt gegeben. Zunächst wird ein anderer Mafiaboss
verdächtigt, das Ding gedreht zu haben, aber sofort wieder ent-
schuldigt, denn solche harten Methoden, wie Mord, seien nie sein
Stil gewesen.... Die Gangstergeschichte New Yorks wird retrospek-

tiv aufgerollt, um die Reportagen etwas anzuheizen.

Am 25. Oktober 1957 wurde einer der grösseren Mafiosis, Albert Anastasia, in einem Friseursalons des Sheraton Hotels erschossen, während sein Gesicht unter heissen Tüchern begraben lag. Niemand war jemals wegen dieses Mordes angeklagt worden. Später erklärte ein Überläufer der Mafia, Joseph Valachi, der Mafiaboss Genovese hätte diesen Mord angeordnet. Von 1960 bis 1970 waren die Morde in New York steil angestiegen, von 390 auf 1117, wobei die Aufklärungsrate von 88.2 % auf 69.1 % absank.

Ein Radiosprecher bemühte die Verbrechensstatistik und erwähnte, dass 1969 und in den ersten sechs Monaten von 1970 Philadelphia die "sicherste" Stadt in den USA war, wenn man in 6 amerikanischen Metropolen die ansteigende Verbrechensquote auf eine Population von je 100.000 Einwohner umrechnete:

	Verbrechen 1969	Verbrechen 1970, in 6 Mon.
Philadelphia	1.753	1.027
Chikago	2.680	1.703
Washington	4.018	3.832
Detroit	4.282	3.832
New York	4.731	2.919
Los Angeles	4.852	3.007

Zum Vergleich: Nach einer polizeilichen Ermittlungsstatistik kamen 1965 in Deutschland auf 100000 Einwohner:2.6 Fälle von vollendetem oder versuchten Mord oder Totschlag, (30 Jahre später = 4.8 Fälle), 13 Fälle von Raub (30 Jahre später = 78 Fälle), 58 Fälle von Wohnungseinbrüchen (30 Jahre später = 259 Fälle).

Es wird erwähnt, dass 1968 in den USA 8.900 Personen erschossen, 65.000 durch Schüsse verletzt wurden, 12.000 sich selbst mit

Schusswaffen töteten oder anschossen und 99.000 mal mit Schusswaffenandrohung Geld- oder Wertgegenstände geraubt wurden. Im Vergleich wurden in Japan 1966 16 Morde und 68 Selbstmorde mit Schusswaffen verübt. Allerdings war in der zitierten Statistik der japanische "Volkssport der Selbstmörder", Harakiri, nicht verzeichnet. In der internationalen Selbstmordstatistik sind die Deutschen im vorderen Feld plaziert. In Amerika sitzt jeder 235. im Gefängnis ,während das nur einem von 1.400 Franzosen passiert, ganz abgesehen von der Statistik, die in den USA jedes Jahr veröffentlicht wird und es als das Land mit den meisten und schlimmsten Gewaltverbrechen der Welt ausweist. Seit 1976 ist die Todesstrafe in den USA wieder eingeführt. Der amerikanische Bundesstaat Texas nimmt seit dieser Zeit eine führende Stelle in der Zahl der Exekutionsopfer ein.

Zum Vergleich: Nach einer polizeilichen Ermittlungsstatistik kamen 1965 in Deutschland auf 100 000 Einwohner: 2.6 Fälle von vollendetem oder versuchten Mord (30 Jahre später = 4.8 Fälle), 13 Fälle von Raub (30 Jahre später = 78 Fälle), 58 Fälle von Wohnungseinbrüchen (30 Jahre später = 259 Fälle).

* * *

Eduard Schall geht zu seinem Auto, an dem ein Strafzettel am Scheibenwischer eingeklemmt ist. Er denkt, USA hat mich am Arsch, "by the balls", an den Eiern. Doch wenn's um's Geld geht, kann er vorläufig immer noch mehr in New York als in Deutschland verdienen. "I am in a country that thinks in terms of interest, wages, taxes, prices, employment, homes, cars, creditcards, and has nothing left of somthing other than business.....fiat voluntas tua!". Jeder Amerikaner würde ihm lachend sagen, dass das doch

ganz selbstverständlich und normal sei. Ausserdem würde diese
Geschäftspraxis mit Gehirnwäsche über die Massenmedien sich in
Deutschland etablieren. Aber Eduard Schall meditiert nicht weiter
und tritt einen neuen gutbezahlten Job in einem Tierschutzhospital
an, das ein Jim Smoothkop leitet.
Der Warteraum des Tierschutzhospitals ist überfüllt mit Leuten
aller Hautfarben, die Hunde an der Leine haben oder Katzen auf dem
Arm. Eduard Schall steigt über eine Urinlache und geht in eine der
Behandlungskabinen. Bill Gant, ein junger Intern, hat die Dogge
eines Portorikaners auf dem Tisch. Der Tierbesitzer redet ruhig
und sachlich: Das ist jetzt schon der dritte Hund, den ich in
diesem Jahr anschaffte. Zwei haben sie mir schon vergiftet. Ich
brauche einen starken Hund, der Frau und Kinder beschützt. Wir
haben in unserem Block soviele Drogensüchtige, die alles stehlen,
um zu Geld zu kommen. Sind die high oder haben kein Dope, sind die
schlimmer und verrückter als hungrige Raubtiere! Zweimal kamen
sie schon in diesem Jahr, traten die Tür ein und kümmerten sich
nicht um die schreienden Kinder und meine Frau! Doktor geben sie
dem Hund die Staupespritze, damit er gesund bleibt!"
Eduard Schall geht zum nächsten Raum, wo ein grosser Schwarzer
einen Schäferhund festhält, bei dem im Röntgenbild ein Lebertumor
vermutet wurde. Der zuständige Intern bat am Telefon darum, dass
Eduard Schall sich die Röntgenbilder ansehen möchte, die am Bilb-
betrachter hängen und den Hund ebenfalls untersuchen möchte. Der
zuständige Intern ist nicht im Raum. Eduard Schall sucht über die
Rufanlage den Intern und einen Pfleger. Nach vergeblichen Warten
geht er zum Raum der Pfleger, wo alle Kaffeetrinken und vor einem
Fernseher sitzen. Als es ihm schliesslich gelingt, einen der Pfle-

ger und den Intern dazu zu bewegen, bei der Untersuchung des Hundes dabei zu sein, stellt er fest, der Hund hat keine Anzeichen für einen Lebertumor. Der Hund war schon öfters kollabiert, weil er einen Erguss im Herzbeutel hatte. Der Schwarze ist einverstanden, dass der Hund operiert wird und will auch die Kosten dafür bezahlen. Ein OP-Termin wird für den kommenden Tag vereinbart.

Am Nachmittag hält Eduard Schall den Interns eine Vorlesung über internistische Probleme und diskutiert mit ihnen. Nachmittags, nach den Sprechstunden und einer Tasse Kaffee, waren die Burschen anprechbarer als am frühen Morgen, wenn sie übernächtigt auf den Stühlen sassen. Alle Interns hatten neben ihrer Ausbildungstätigkeit im Tierschutzhospital eine Nebenbeschäftigung, der sinnigerweise "Moonlight Job" genannte wurde, bei einem Veterinär in der Stadt oder in der Nähe. Ihren Hospitaljob bei Smoothkop machten sie nur, um in ihrem Curriculum eine Arbeit an einer grösseren Institution nachweisen zu können. Diese Erkenntnis frustriert Eduard Schall, trotzdem gibt er sich die grösste Mühe, seinen Vertrag zu erfüllen.

Bevor der Schäferhund des Schwarzen operiert wurde hatte er eine Vorbesprechung mit Ken Sharp, dem Leiter der chirurgischen Abteilung. Ken Sharp hatte ihn damals in Las Vegas mit Eduard Schall an der Bar gesessen und nach diesem Interview Jim Smoothkop angeregt, den Schall zu heuern, weil der Leiter der internistischen Abteilung des Hospitals bald in Rente gehen würde.

Ken Sharp: "Ed, unser Pathologe ist immer noch der Meinung, dem Schäferhund fehlt es an der Leber."

Eduard Schall: "Die Leberbefunde sind sekundär zu einem Herzbeutelerguss. Der Herzbeutel des Hundes ist voll Flüssigkeit, was eine Leberstauung verursacht. Mit einer Probepunktion haben wir eine Hämorrhagie, bedingt durch einen Tumor, gestern ausge-schlossen. Gelingt es ein Fenster in den Herzbeutel zu schneiden, erholt sich auch die Leber des Hundes wieder."

Ken Sharp: "O.k., Ed wir wetten 10 Dollar. Hast Du recht, zahle ich, sonst kriege ich das Doppelte von Dir!"

Eduard Schall: "Die Wette hast Du schon verloren Ken!"

Eduard Schall gewinnt diese und noch viele andere Wetten mit Ken Sharp. Er will Ken nicht mit dem Spruch ärgern:" Surgeon: No brain hands only", denn er operierte ja selbst Hunde mit Herzproblemen. Eduard Schall verliert zunehmend den Mut, in einem verschlampten Klinikbetrieb unendlich lange weiterzumachen. Die Beweise dafür beginnen sich zu häufen.

An einem Samstagnachmittag, Eduard Schall ist in seinem Zimmer im 3. Stock und tippt an einem Brief an Max Frey in Philadelphia. Es klopft an die Tür. "Doktor?". Die Stimme eines Pflegers. "Ja, herein!" "Was ist, Mister Santora?", fragt Eduard Schall den dunkelhäutigen Portorikaner. "Doktor, kommen Sie bitte mit runter, im Warteraum ist einer meiner Landsleute mit Hund und Frau. Der r diensthabende Intern, Mister Rubish, ist weggegangen. Das Recep-tionsgirl und ich sind da unten ganz allein. Bitte kommen Sie mit mir!" "Mister Santora, ich kann schon mit nach unten kommen, aber ich werde wenig tun können. Ich mache mich strafbar, wenn ich eine Spritze in die Hand nehme." "Ach, da machen Sie sich keine Sorgen. Wir nehmen den Hund und die Besitzer in eine der Untersu-chungskabinen und schliessen die Tür. Da können sie den Hund we-nigstens einmal untersuchen." O.k." denkt Eduard Schall und geht

mit. Bevor sie in den Warteraum eintreten, hören sie das laute
Schimpfen eines Mannes, der darauf wartete, dass sein kranker
Hund behandelt wird. Als Eduard Schall mit dem Pfleger in den
Warteraum kommt, stürzt ein kleiner Portorikaner auf die beiden
zu. Vorsichtshalber stellt sich der Pfleger vor Eduard Schall.
Portorikaner: "Du bist der Doktor, Ja? Hilf meinem Hund, er ist
sehr krank." Ein Doggenmischling liegt vor der Frau oder Freundin
des Portorikaners auf dem Boden. Der Pfleger bedeutet seinem
Landsmann den Hund aufzunehmen und mit ihm in einen Untersuchungs-
raum zu kommen. Portorikaner: " Doc, hilf dem Hund, gib ihm drei
Spritzen, dass er wieder gesund wird!" Eduard Schall: "Langsam,
Mister!" Portorikaner: "Doc, drei Spritzen! Ich zahle alles! Du
bist doch ein German-Doc, das sind die besten auf der Welt! Hilf
meinem Hund!" jammert er, während ihm Tränen über das Gesicht
laufen. Der Hund ist völlig abgemagert und ausgetrocknet. Entgegen
den gültigen staatlichen Veterinärbestimmungen, die einem linzenz-
losen Tierarzt jegliche aktive therapeutische Massnahmen im Staat
New York auch bei Notfällen verbieten, schliesst er den Hund an
eine Infusion. Die Aussicht ist sehr schlecht, dass sich der Hund
wieder gut erholt. Der Portorikaner ist aber froh, dass überhaupt
jemand den Versuch unternimmt, dem Hund zu helfen."Hier Doc, nimm
die zwanzig Dollar!" flüstert der Portorikaner. "Män, wir brauchen
das Geld, um in die Bronx zurückzufahren! Lass'das!", jammert
seine Begleiterin.
Portorikaner: "Shutup....Doc, nimm fünf Dollar.! Eduard Schall:
"Gar nichts nehme ich." Der Portorikaner bricht wieder in Tränen
aus und umarmt Eduard Schall und versucht ihn zu küssen. Der

Pfleger zieht den Portorikaner weg, der blitzschnell Eduard Schall einen Eindollarschein in die Kitteltasche schiebt. Als der Portorikaner mit schwarzer Freundin und dem mageren Hund weg sind, sagt der Pfleger: " Thanks, Doc Sie haben uns sehr geholfen. Das Girl an der Rezeption wollte schon vor lauter Angst die Police alarmieren!" Gegen Abend kommt der Intern Rubish ins Hospital zurück. er hatte draussen in einer Privatpraxis Katzen narkotisiert an Haken an der Wand aufgehängt, wie am "Fliessband" mit ein und demselben OP-Besteck kastriert und dafür gute Dollars kassiert. Der Notdienstjob interessierte ihn nicht. Einige dieser armen Kreaturen kamen später mit vereiterten Bäuchen zur Notaufnahme in das Tierschutzhospital am Eastriver.

Eduard Schall fährt zum Essen downtown, in der es "Germanfood" in Lokalen gibt, in denen sich Deutsche und Amerikaner treffen. Er lernt einen 250 Pfund schweren Architekten kennen, der sich mit seiner leichtgewichtigeren Freundin über Kunst streitet. Beide waren aus Brooklyn gekommen. Joe Gunholt, so heisst der junge, lizenzlose Architekt, bekam immer Hunger und Durst, wenn er Ärger im Bauch spürte. Es wird Bratwurst, Kartoffelbrei und Sauerkraut im "Bavarian Inn" serviert. Hier hatte der Dichter Oskar Maria Graf seinen Stammtisch, als er vor den Nazis und Dachau nach New York geflohen war. Nur deutsch sprechend, in bayerischer Lederhosenmontur, hatte er hier oft gesessen. Heute muss, wohl oder übel, Eduard Schall dem Dialog zwischen Joe Gunholt und seiner Freundin zuhören.

Joe G.: "Du glaubst doch nicht im Ernst, dass ein Bild im Rahmen, frei zum Verkauf, Kunst sein muss!"

Freundin: "Zumindest hat ein Bild im Rahmen den Wert, dass irgendeiner oder irgendeine den Mut hatten in Linien oder Farben etwas auszudrücken!"

Joe G.: "Sehr oft quetschen die so etwas aus sich heraus, weil sie Geld machen wollen."

Freundin: "Ich habe nichts dagegen, wenn die das können und mir's gefällt. Nur geht die Kunst flöten wenn zuviel Geldgier dahintersteht!"

Jo G.: "Wauuh!"

Freundin: "Ja, wauuh, Schau Dir doch die Bilder von Kandinsky im Guggenheim Museum an. Anfangs malte er noch figürlich, später brachte er nur emmotionale Farbkompositionen....."

Joe G.: "Ich hab'mir das vor langer Zeit angesehen, Kandinsky ist ohne Zweifel einer, der genial mit Farben umgehen kann. Nur ist er mir in seinen letzten Bildern zu kalt intellektuell geworden, fertig zum Verkauf in Galerien, die von höheren Einkommensklassen besucht werden. Hätte er das an die Brettezäune der Baustellen gemalt, wie es heute die Poppkinder tun, er hätte keinen Pfennig dafür bekommen oder viele Leute wären gütig lächelnd mit dem Auto daran vorbeigefahren. Du hättest bestimmt Dich nicht verträumt davorgestellt."

Freundin: "Du bist ein ignoranter Idiot. Ich glaube mit der Architektur bist Du ein Mensch geworden, der nur Linien und Farben anerkennt, wenn sie auf kopierbaren Hausplänen vorkommen."

Joe G.: "Mag sein, ich rede aber nicht dabei von Kunst, auch wenn manche meiner Kollegen da grosse Worte machen. Mein Beruf ist es, Kenntnisse und Zeit für realisierbare Pläne bezahlt zu bekommen.Ich habe die Gesetze des Materials, der elektrischen Anschlüsse, der Wasserinstallationen, zu berücksichtigen und daran zu denken, dass Leute in einem Haus genug Licht und Luft haben und einen stillen Ort brauchen, wo sie die verdauten Essens- und Flüssigkeitsreste wieder loswerden können."

Freundin: "Abgesehen davon, dass Letzteres einer Deiner Kollegen vergessen hatte und die Löcher auf die Closchüsseln gesetzt waren, rohrlos ins Nichts führten. Auch eine Art von Kunst!"

Joe G.:"Ich weiss, aber dieser "Künstler" hat seinen Beruf an den Nagel gehängt. Ein Architekt kann keinen Traum auf Papier setzen, der später in der Realität zusammenfällt oder wenn in einem Haus kein Mensch wohnen kann, weil das WC fehlt."

Freundin: "Du musst etwas entwerfen, das den Leuten gefällt! Ich glaube Du verstehst gar nicht, was Kunst ist."

Joe G.: "Und ich glaube, all das intellektuelle Gerede über Kunst ist überflüssig. Was uns in der Natur gefällt, ist sinnvoll gewachsen, zweckmässig und meist ästhetisch, auch wenn es teilweise für manche Unkraut sein mag. Ich für meinen Teil berausche mich nicht an unrealistischen Träumen. Ich kann mich freuen, wenn es still draussen ist oder Tiere rufen oder schreien, wenn der Wind weht oder mir der Regen ins Gesicht klatscht. Blitz, Donner und Schneesturm erlebe ich gern im Warmen und Trockenen. Ich freue mich auch, wenn mir ein Computer exakte Daten liefert, damit ich stabile Häuser mit Lebenskomfort bauen lassen kann."

Freundin:"Du unterhälst Dich in den letzten Wochen mehr mit Deinem Computer als mit mir!"

Joe Gunholt: "Ja, weil ich für meine Lizenz arbeiten muss!"

Nach dem Essen und dem frustrierenden Disput grüssen Joe gunholt und Freundin Eduard Schall und verlassen das Bierlokal. Eduard Schall zahlt und geht die 86. Strasse entlang in das Restaurant

"Wiener Wald", wo an der Wand das Bild eines rotbackigen Schwarz-
waldmädchens mit Bollenhut neben einer Kuckucksuhr hängt. Eduard
Schall ging hier zum Essen, da es im Portorikanerviertel für einen
Weissen abends nicht ungefährlich war. Dort konnte er nur mit
einer "Bodygard" in Gestalt eines Tierpflegers, ein Lokal aufsuchen. Im "Wiener Wald" setzen sich drei Deutsche einige Stühle
weiter an einen Tisch. Ihre Stimmen sind rauh und laut.

Blonder Deutscher: "Mein lieber Poposchinskie, heute lasse ich
mich vollaufen. Frau Wirtin eine Lage Helles, dass es spritzt!
Junge, Junge, ist das wieder eine Hitze. Ohne Airconditioner
gehste glatt ein....da sind die Amis schon prima....meinste nicht
auch Otto?"

Kahler Deutscher: "Klare Sache Fritz, aber ein schönes gepflegtes
deutsches Helles is ooch nich zu verachten.....".

Bebrillter, faltiger Deutscher: "Wenn's bloss nich so arch
deuer wär'!".

Blonder Deutscher: "Ach hör'doch uff, Du oller Pfennigfuchser.
Komm', lass uns ein paar Runden ausknobeln...".

Bebrillter, faltiger Deutscher: "Aaber hechstens drei Runden
...nich mehr...ich muss heeme zu meene Olle!" Er hatte einen
sächselnden Akzent.

Kahler Deutscher: "Vielleicht macht der junge Mann dort mit?"

Eduard Schall. "Nein, nein, spielen Sie nur zu dritt. Mir macht
das Zuschauen mehr Spass".

Blonder Deutscher: "Komischer Heini....komm wir trinken erst
einmal....prost Kameraden auf's Pferd, auf's Pferd!"

Die andern Deutschen: "Prost...prost Fritz!"

Blonder Deutscher: "Ooooh, das tuuut guuut....wie auf der Reeper-

Reeperbahn nachts um halbeins, ob Du ein Mädel hast oder hast keins...Wirtin, noch 'ne Lage!"

Die Drei beginnen mit Münzen zu knobeln, dabei hat jeder anfangs drei in der Tasche. Bei jeder Runde nehmen die Spieler eine, zwei oder drei Münzen in die Hand und legen die geschlossene Hand auf den Tisch. Wer die richtige Anzahl in allen auf den Tisch geknall-ten Fäusten hat, ist raus. Wer übrig bleibt verliert und zahlt eine Runde Bier.

Kahler Deutscher: "Sieben!"

Blonder Deutscher: "Du musst ja ganz schön was drin haben....oder Du bluffst wieder einmal......sechs!"

Bebrillter, faltiger Deutscher: v i e r!"

Blonder Deutscher: "Die Hosen auf....mal seh'n Otto, was Du drin hast! Ach kiek mal.....drei...und der Franz...z w e i ... und ich nischt! Macht fünf....o.k....keiner hat's....prost!".

Die andern Deutschen: "Prost....prost....prost!"

Blonder Deutscher: "Prostatera.....auf ein neues!"

Die Hände in den Taschen werden neu geladen.

Kahler Deutscher: "Du fängst an Franz!"

Bebrillter, faltiger Deutscher: "S e c h s !"

Blonder Deutscher: "Stop! Erst komme ich! Noch mal!"

Die Fäuste werden neu geladen und auf den Tisch geknallt.

Blonder Deutscher: "F ü n f ...... sagte die Dame und legte sich nieder!"

Bebrillter, faltiger Deutscher: "S i e b e n !"

Kahler Deutscher: "A c h t !"

Blonder Deutscher: "...dreimal hat's gekracht..."

Alle Fäuste öffnen sich.

Kahler Deutscher: "Sieben zieht!"

Bebrillter Deutscher: "No, des bin ja ich und ich bin draus!"

Neue Runde zu zweit.

Kahler Deutscher: "D r e i !"

Blonder Deutscher: "Au, das ist guuut.....verdammt

guuut...ich sage v i e r !"

Kahler Deutscher öffnet die Faust: "Ich hab' d r e i !"

Blonder Deutscher: "Haha, und ich........mein Führer....na, na? I

ich hab'einen, das macht nach Adam Riese vier...uff der grünen

Wiese....ha,ha,ha.....Otto Du zahlst 'ne Lage Helles.....das ist

für mich ein innerer Parteitag, Sieg Heil Genosse und prost!"

Für Eduard Schall läuft das alles in New York 71 ab, wie ein Film,

aufgenommen vor zwanzig, dreissig Jahren.

Blonder Deutscher redet Eduard Schall an: "Na ...auch Deutscher

...was?"

Eduard Schall: "Ja."

Blonder Deutscher: "Scheint Ihnen zu gefallen hier....was? Lange

hier?"

Eduard Schall: "Seit vier Jahren."

Blonder Deutscher: "Hier meine Hand....mein Name ist Fritz, kannst

Du zu mir sagen! Bin seit sieben Jahren hier....wie heisst Du?"

Eduard Schall: "Eduard..."

Blonder Deutscher: "Is o.k. ....Eddie..prost!"

Kahler Deutscher. "Wir ham'noch 'ne Runde, Fritz....mach'schon!"

Blonder Deutscher: "O.k.....o.k.......s i e b e n !"

Nachdem der bebrillte faltige Deutsche drei Runden verlor, bezahlt

er und steht auf.

Blonder Deutscher zu dem kahlen: "Also Schluss..-..Otto...gehn wir alle zum Franz! Ich sag' Dir, Otto, der Pfennigfuchser da hat die besten Whiskyes in einem Schrank, den er wie ein Safe sichert, damit seine Alte nicht dran kommt.......ich sag' Dir Otto, wenn der seinen Sprit-Safe aufmacht, fallen Dir die Augen aus dem Kopp.....und später fällst Du um, wenn Dich der Pfennigfuchser an die Flaschen lässt und seine Alte nicht zetert!"

Bebrillter,faltigerDeutscher:"Neee...neee......heut' geht wirklich nischt...meine Olle is noch sauer von gestern!"

Blonder Deutscher: "O.k....o.k...is mir auch wurscht, dann bleiben wir beim Bier!"

Der kahle Deutsche steht auf: "Ich hab'noch ne Businessbesprechung...ich muss geh'n......servus Fritz bis morgen!"

Blonder Deutscher: "Bis morgen? Morgen habe ich Haarspitzenkatarrh..ich lasse heute das Bier in mich laufen bis zum Kragenknopp...adieu Otto....mach's gut Franz!"

Die andern Deutschen: "Fahr mit dem Taxi nach Hause.... servus!"

Blonder Deutscher: "Irrtum sprach der Igel und stieg von der Klosettbürste......prost Eddiie!"

Eduard Schall: "Prost."

Blonder Deutscher: "Hamm keinen Mumm mehr in den Knochen... die Kerle! Mensch, Eddiie, das waren noch Zeiten in Grossdeutschland...aber davon hast Du ja keine Ahnung....Du warst doch nicht mehr in der Scheisse, wie ich!"

Eduard Schall: "Doch, nur drei Jahre! Lange genug!"

Blonder Deutscher: "Mensch, prost Kamerad...da haste Dich aber gut gehalten.....und schlägt der Arsch auch Falten....wir bleiben doch die Alten.....siehst heute auf der 86. Stasse wenig neue Gesichter. Du bist 'ne Ausnahme, Eddiie! Stimmen die Kohlen im

alten Europa, sind die Kameraden wie weggeblasen von der 86.
....Gehts drüben mies, schwirren sie wieder hier herum! Ich bleib'
hier für den Rest meiner Tage....... mich hat ein Schwede schwarz
an Land geschmuggelt ....die Fremdenpolizei kann mir nix mehr
anhaben...... ...hab'nen neuen Pass, Social Security Card, Blue
Cross und Blue Shield.....bin im Radiogeschäft......haut ganz gut
hin.....meine Kohlen stimmen...mein Durst auch......prost!"
Eduard Schall: "Prost".

Einige Wochen später geht Eduard Schall wieder in den "Bavarian
Inn" zum Essen. Er liest in dem Magazin "FORTUNE", das er an einem
Zeitungskiosk gekauft hatte. Ins Deutsche übersetzt stand da:
"Soll ein Geschäftsmann in Kunst investieren? Ja, könnte Ihre
Antwort lauten, nachdem Sie dieses besondere Angebot für eine
grössere, neue Serie des angesehenen amerikanischen Künstlers
Robert Rauschenberg gelesen haben. Zur Zeit ist es exklusiv für
FORTUNE-Leser möglich, kurzfristig eine wichtige Geldanlage noch
vor dem Verkauf in der Nationalgalerie zu tätigen. Die Serie wird
in einer begrenzten Originalausgabe von 45 Stück erhältlich sein,
die vom Künstler numeriert und signiert wird. Einige der weltbes-
ten Kunstschätze befinden sich in privaten und öffentlichen Kol-
lektionen von FORTUNE-Lesern. Das Magazin hat traditionell gefei-
erte Künstler unter einem Kommissionsvertrag, um seine Seiten damit zu bereichern. Diese günstigen Möglichkeiten kreierten auch
dieses einzigartige Angebot. Sie sind in führenden Museen, hervor-
ragenden privaten und öffentlichen Sammlungen zu besichtigen. Der
Künstler umreisst seine neue Arbeit als einen Versuch eine Edition
von 45 Sätzen herauszubringen, um mit seinen einzelnen handsig-

nierten Gemälden substantiierte und einzigartige Werte zu schaffen. Jeder Satz besteht aus vier in sich geschlossenen Einheiten.
Eine separate Einheit misst etwa vier Quadratfuss.

Zum ersten mal verwendete Rauschenberg verspiegelte Plexiglas-
platten, als illuminierenden Hintergrund für seine vollendeten und
komplexen Bilder, für die er bekannt ist. Der Ruf des Künstlers,
Ausmass und Konzept machen diese Serie zu einem ausserordentlichen
Ereignis in der Kunstwelt.

Der Preis einer kompletten Serie von vier Einheiten beträgt vor
dem Verkauf in der Galerie 7 000 Dollar. Später, im öffentlichen
Verkauf wird die Serie mit 8 000 Dollar gehandelt. Einzelne
individuelle Einheiten können möglicherweise auf Grund dieser
FORTUNE-Offerte für 1 800 Dollar angekauft werden. Der Galerie-
preis wird für jede Einheit 2 100 Dollar betragen.

Der wachsende Marktwert von Rauschenberg's schon vorhandenen
Werken macht dieses Angebot doppelt reizvoll. Es dient nicht nur
einer persönlichen Befriedigung und der Besitzfreude an grosser
Kunst, sondern garantiert auch gleichermassen eine Kapitalanlage.

FORTUNE präsentiert diese aussergewöhnliche Gelegenheit in Gemein-
schaft mit zwei der erfolgreichsten Organisationen auf dem Gebiet
zeitgenössischer Kunst. MULTIPLES (R) ist ein Herausgeber, der
sich auf bestimmte Kunstausgaben spezialisierte. Seine Angebote
wurden von Museen, öffentlichen Sammlungen und Einzelpersönlich-
keiten erworben. CASTELlI GRAPHICS vertritt viele der grössten
Künstler unserer Zeit, zu denen FRANK STELLA, ROY LICHTENSTEIN,
JASPAR JOHN und ROBERT RAUSCHENBERG gehören.

Wegen einer Broschüre, die alle Einzelheiten enthält,schreiben Sie
bitte an Mr. Charles A. Whittingham, Assistant Publisher FORTUNE,

Time & Life Building, Rockefeller Center, New York, N.Y. 10020

oder rufen sie telefonisch unter Nummer (212) 556 -3482 an."

Während Eduard Schall liest, kommt der 250 Pfund schwere lizenz-

lose Architekt ohne seine Freundin in das Lokal. Er erkennt Eduard

Schall wieder, der am Tag seines Kunstdialogs mit der Freundin am

gleichen Tisch sass. Er grüsst Eduard Schall freundlich lächelnd:

"Excuse me, ich glaube wir kennen uns. Mein Name ist Joe Gunholt.

Kann ich hier bei Ihnen Platz nehmen?"

Eduard Schall: "Sicher, mein Name ist Eduard Schall."

Joe Gunholt: "You are German?"

Eduard Schall: "Yes, Sir!"

Joe Gunholt: "Sie lesen da in dem Magazin das Advertisement

"Should a businessman invest in art?" Sind Sie ein businessman?"

Eduard Schall: "Oh nein, bestimmt nicht! Mich interessiert nur das

Thema, theoretisch."

Joe Gunholt: "Ich kenne den Artikel, zeitgenössische Kunst ist

heutzutage ein grosses Geschäft, wenn Du im richtigen Boot sitzt

und genügend übrige Knete hast."

Eduard Schall: "Dieses Geschäft gab's zu allen Zeiten, wenn

Galeristen mit dem richtigen Riecher einen Künstler aufkauften und

aufbauten. Siehe den Artikel in FORTUNE!"

Joe Gunholt: "Das heisst aber nicht, wenn einer seine Kreationen

in Farben, Formen oder Tönen nicht verkaufen kann, dass er nicht

besser als ein Geförderter ist."

Eduard Schall: "...oder gar ein Genie ist."

Joe Hunholt: "Richtig. Aber das trifft nur diejenigen, die mit

neuen Techniken experimentieren und zum Beispiel nicht Stilleben

für ein Vorstadtschlafzimmer zusammenpinseln, was ja auch seinen

Sinn hat, nur zahlt sich das nicht mit solchen Summen aus, wie die in dem Magazin FORTUNE genannt sind."

Eduard Schall: "Wem es Spass macht und wer nicht mit dickem Pinsel lügt, der sollte machen können, was er will, niemand wird ihn hindern."

Joe Gunholt: "Na ja, bei Euch in Deutschland, war das einmal anders, da hiess "entartete Kunst", was nicht staatlich sanktioniert war. In Russland ist das heute noch so. Aber vielleicht ändert sich das irgendwann. Nicht nur in der Malerei, auch in der darstellenden Kunst des Tanzes, des Ballets, ist die KGB- und Politbonzentyrannei zu spüren. Erst jetzt wurde hier bekannt, dass 1956 im Bolschoitheater eine Prima Ballerina, Plissezkaja, Beifallsstürme für ihren Auftritt in "Schwanensee" entfachte, worauf Zuschauer, die übermässig applaudierten in das Moskauer Milizrevier vorgeladen und verwarnt wurden, ich las das in den Kulturnotizen einer Zeitung. Die Prima Ballerina hatte dagegen protestiert, dass sie von Chruschtschow keine Ausreisegenehmigung bekam und ihr Ballett nur ohne sie in London ein Gastspiel geben durfte. Aber das wird sich vielleicht noch ändern, wenn der CIA mehr Einfluss in der Sowjetunion aufbaut. Aber dessenungeachtet, vieles was sich "Kunst" nennt ist für mich unnötig. Vor allem, wenn Politik mit im Spiel ist."

Eduard Schall: "Da würde ich vorsichtig sein! Kunst kann auch ein Ausdruck gegen politische Willkür sein und Menschen, die etwas können und ehrlich sind, haben schon immer etwas zustandegebracht und die meisten waren gegen einen politisch orientierten Opportunismus! Anerkennung und grosses Geld ist damit oft nicht verbunden!"

Joe Gunholt: "Jedes berufliche Können folgt einer erlernbaren Technik, die nur von wenigen bis zu einer grossen Meisterschaft weiterentwickelt wird. Oft jenseits ausgetretener Pfade und verrosteter Geleise und unabhängig von "Ehrlichkeit". Auch Gangster und Politiker können es zu grosser Meisterschaft bringen."

Eduard Schall: "Sie erwähnten "Entartete Kunst in einem autoritären Deutschland". Es dürfte Sie interessieren, dass sich anfangs des 20. Jahrhunderts, vier befreundete Architekturstudenten zusammentaten: Fritz Bleyl, Erich Heckel, Ernst Ludwig Kirchner und Karl Schmidt Rotluff. Sie gaben ihrer Gruppe den Namen "Brücke" Der Name sollte vieles ausdrücken. Zunächst eine Abkehr von der "akademischen" Kunst und ihrem Ziel, "sich das allen gemeinsame Gefühl, aus dem Leben die Anregung zum Schaffen zu nehmen und sich dem Erlebnis unterzuordnen". Sie waren streng genommen Autodidakten, die "den Akt in freier Natürlichkeit zu studieren, als die Grundlage aller bildenden Kunst ansahen".

Joe Gunholt: "Oh ja "Die Brücke" ist für mich ein Begriff und ich studiere Akt und was damit zusammenhängt an meiner Freundin, die das aber bis heute nicht begreifen will."

Der Staat New York ist der industriereichste der USA im Nordosten, 128 408 qkm gross, mit 18.3 Millionen Einwohnern bestückt, von denen etwa 50 % Ausländer aus mehr als 60 Nationen sind. New York City beherbergt etwa 8-9 Millionen Menschen, eine Unzahl Hunde und Katzen, Vögel und anderes Getier, Ratten und Mäuse nicht mitgerechnet. Das Tierschutzhospital, in dem Jim Smoothkopp zu Zeiten der Anwesenheit Eduard Schalls regiert, liegt in einem weniger vornehmen Viertel der East Side, nahe Harlem, dem Viertel

der Schwarzen. Hier konnte Jim Smoothkopp seine Idee eines
Holocausts für Tiere verwirklichen.

Jim Smoothkopp war als Angehöriger des fliegenden Personals der
American Air Force einem Höhenfestigkeitstest unterzogen worden.
Eduard Schall hatte die gleiche Prozedur bei der deutschen Luftwaffe über sich ergehen lassen müssen. Bei diesem Test wurden bei
den jungen Flieger unter Atemmasken der Sauerstoff in der Atemluft
entsprechend verschiedener Höhen über dem Meeresspiegel geregelt.
Vor sich einen Papierbogen auf dem ein vorgegebener Text geschrieben wurde, während die Sauerstoffgehalt der Luft in den Atem-
schläuchen der Testpersonen laufend vermindert wurde. Je weniger
Sauerstoff Eduard Schall einatmete, desto unleserlicher wurde
seine Schrift auf dem Papier, bis er schliesslich ohnmächtig wurde
und sein Kopf auf den Papierbogen fiel. Ein neben ihm sitzender
Beobachter, der während des Tests normale Luft atmete, gab eine
"0Sauerstoffdusche" in die Maske Eduard Schalls, der sofort aus
der kurzen Ohnmacht erwachte.

Diese Methode, aber ohne Wiederkehr aus der Ohnmacht, hatte sich
Jim Smoothkopp ausgedacht, um die von städtischen Tierfängern bei
ihm eingelieferte Strassenstreuner, Hunde und Katzen, vom Leben
zum Tod zu befördern. Seiner Meinung nach war die Euthanasie mit-
tels Injektionen zu zeitraubend und zu kostspielig. Er vergass
anscheinend, dass diese Meinung in Auschwitz die Gaskammern
kreierte und die Experimente von SS-Ärzten an KZ-Gefangenen. In
der Literatur waren die "Untersuchungen" des SS-Arztes Dr. Rascher
im KZ Dachau hinlänglich bekannt geworden. Er liess in einer Unterdruckkammer KZ-Häftlinge durch langsamen Sauerstoffentzug er-

sticken. Jim Smoothkopp lud eines Nachmittags Gäste in den Konferenzraum. Vertreter der Stadt New York, Personal des Hospitals, zu dem seit kurzem auch Eduard Schall gehört, und Tierärzte der Umgebung bekommen einen Film über den Tierholocaust vorgeführt. Schon im Vorspann "sweet music", die auch als Hintergrundgeräuschkulisse beibehalten wird, wenn der Vorgang des Erstickens der Tiere mit einem gesprochenen Kommentar erläutert wird. Eduard Schall verlässt angewidert vor dem Filmende den Raum, während die Kamera über ein Fenster noch die Vorgänge in der Tötungskammer beobachtet. D e n Filmteil hatte der Regisseur vom Cutter herausschneiden lassen, der gezeigt hätte, wie Tiere, die noch Lebenszeichen von sich gaben, mit Stangen und Schaufeln erschlagen wurden. Eduard Schall hatte von diesen Vorgängen über Tier-"Pfleger" erfahren, welche die Holocaustkammer bedienen mussten.

Eduard Schall hatte unter den Büchern, die er mit der Schiffsfracht über den Ozean gebracht hatte, ein Exemplar der Reclamausgabe* von 1957 des Autors Victor Klemperer "LTI", Lingua Tertii Imperii, die Sprache des dritten Reichs. Er musste sich an einen Absatz in diesem Buch jetzt zwangsläufig erinnern, der auch etwas mit einem "Tierholocaust" zu tun hatte. ".....ich durfte dem Tierschutzverein keinen Beitrag mehr zahlen, weil im "Deutschen Katzenwesen" - wahrhaftig so hiess jetzt das zum Parteiorgan gewordene Mitteilungsblatt des Vereins - kein Platz mehr war für artvergessene Kreaturen, die sich bei Juden aufhielten. Man hat uns denn auch später unsere Haustiere: Katzen, Hunde und sogar Kanarienvögle weggenommen und g e t ö t e t , nicht in Einzelfällen und aus vereinzelter Niedertracht, sondern amtlich und systematisch, und das ist eine der Grausamkeiten, von denen kein Nürnberger Prozess berichtete und denen ich, läg' es in meiner Hand, einen turmhohen Galgen errichten würde, und wenn mich das die ewige Seligkeit kostete." So schrieb Klemperer in Dresden zur Weltkrieg-II-Zeit. Ein Glaubensgenosse von Jim Smoothkop mit mehr Sensibilität.

*Fussnote: Victor Klemperer: L T I , 3. Auflage, Max
          Niemeyer Verlag, Halle (Saale) , 1957 .

* * *

Eduard Schall schreibt endlich seinen Brief an Max Frey in Philadelphia.

"Lieber Max,

ich will versuchen Ihnen in übertragenem Sinn zu erklären, in was ich hier geraten bin. Von dem Leiter dieses Tierschutzhospitals erklärte mir jeder, den ich fragte: "He is a nice guy, a very nice guy!" Nur musste ich schnell feststellen, dass dieser "nette Kerl" seit zwanzig Jahren, die er hier regiert, einen Rückenwirbel nach dem anderen preisgab, um flexibler auf diesem Posten zu sein. Dabei wurde seine Haut immer dicker, bis zu einem Umfang, der es ihm erlaubte, ohne Knochen frei im Raum zu stehen. Dafür hatte ich in Deutschland das Beispiel eines Zynikers auf einem Lehrstuhl lange genug erlebt. Womit habe ich es verdient, so einem Duplikat nochmals hier in New York zu begegnen? Das Ganze ist so, als ob ein Dirigent jeden Morgen verspätet eine Orchesterprobe mit Musikern beginnt, die halb taub sind oder zittrige Hände haben oder ihre Instrumente noch gar nicht beherrschen, weil sie zu wenig geübt haben. Bis der Dirigent um zehn oder elf Uhr morgens erscheint und den Taktstock schwingt, fidelt und dudelt jeder so irgendwas dahin oder er holt einen zu früh abgebrochenen Schlaf nach. Dabei soll ich die Noten verteilen und das Preludium schon vordirigieren. Erscheint endlich der grandiose Dirigent und steigt müde und nervös aufs Pult, hebt den Taktstock und gibt den Einsatz, dann blasen und streichen und klopfen diese Kerle mit Instrumenten am Mund oder in der Hand drauf los, dass es mir graust. Der Dirigent hört sich alles eine Weile an, wobei er so etwas wie einen Takt schlägt. Plötzlich verlässt er das Dirigentenpult und beauftragt mich, noch das Adagio und Scherzo mit den Kerlen zu üben. Aber diese sogenannten Musiker denken gar nicht daran, weiter nach Noten etwas einzuüben. Sie gehen zum Pinkeln oder besorgen sich was zum Essen oder manche verdrücken sich einfach, um an einem Platz ungestört zu schlafen oder eine TV-Sendung anzuschauen. Der Dirigent ermahnt in der Zwischenzeit das nicht-musizierende Personal im Hause, es solle nicht nur Kaffee trinken und herumschwätzen. Seine Ermahnungen bewirken, dass die Angesprochenen mehr oder weniger geschäftig im Hause herumrennen. Das geht bis etwa um fünf Uhr nachmittags, dann erscheint der Herr Dirigent fröhlich lächelnd und dirigiert eine Art Schlussakkord. Seinem phänomenalen Orchester sagt er: "Schön habt ihr gespielt und morgen machen wir weiter!". Er besteigt sein Auto und fährt zu einer Suburb von New York. Dort dirigiert er abends im Frack eine Salonkapelle, wobei er den Leuten in Suburbia mit freigelegten Schneidezähnen zulächelt. Er verdient dabei so gut, dass er Aktien, Grundstücke, Häuser, Schmuck und Pelzwerk für seine Frau und eine Sekretärin kaufen kann. Er fühlt sich zwar abgearbeitet und müde nach all seinen Aktivitäten und Pseudoarbeiten, aber er sieht sich in seinem Heimspiegel als Mann, der erfolgreich Geschäfte macht. Seinen Kindern kann er eine Collegeerziehung und ein Auto finanzieren und wenn er aus dem Haus ist, erholt sich seine Frau manchmal etwas mit dem Nachbarn, dem Mail- oder dem Milkman. Ähnlich, wie der Orchesterdirigent, schwirren seine "Musiker" zu privatenParties, wo sie auf dem Clavicord oder Syntesizern so eine Art Unterhaltungsmusik herunterdudeln. Und morgens geht bei der sogenannten Orchesterprobe, vor der ich Noten und gute Ratschläge, laut Vertrag zu verteilen habe, dieser frustrierende Zirkus wieder los. Ausserdem probt der sogenannte Dirigent eh nur Stücke zur "Freude" der Armen, wie der zynische Pharisäer sagt. Du wirst Dich fragen, ist da niemand, der diesen "Orchesterproben" ein Ende bereitet und den "Dirigenten" hinausschmeisst? Nein, diese Farce mit diesem "Micky-mouse-American" geht schon viel zu lange. Einmal meinte jemand mit Insiderwissen, "man" sollte diesem Jim Smoothkopp in den Arsch treten. Doch dieser "man" war nie zu finden und ausserdem hat Jim Smoothkop einen Lederarsch. Ich importiertes Rindvieh rede zu dem Jim Smoothkop oft genug, versuche wenigstens für die jungen Musiker etwas zu ändern. Alles was ich erreiche, sind Antworten wie: "Yes, Yes, Ed you are a great man! Wir werden alles so machen, wie Sie sagen!". Aber es bleibt alles beim alten. Er ist ein Sprechblasenheini schlimmster Sorte. Irgendwann werde ich ihm auf die Nerven fallen und er wird mich feuern, wenn ich nicht zuvor das Handtuch schmeisse. Was ich dann mache, weiss allein der Himmel. Ich bin jedenfalls mitten in der Scheisse und manche raten mir, einfach zu schwimmen.Aber schwimmen Sie einmal in der Scheisse, mit geschlossenen Augen und halten sich dabei die Nase zu! Gehört man zu den Immigranten mit Qualifikation, nicht mit Kapital, muss man in diesem Land und bald oder auch schon in Europa nervös werden. Ist man in die Mittelschicht eingereiht, so hat man das Maul zu halten, wenn man für eine Flickschusterei arbeitet... .... Und das alles, wie in meinem jetzigen Job, um Geld für sich und die Familie zu verdienen. Auf diese Art werden die weniger kapitalkräftigeren Zeitgenossen zu erpressbaren Sklaven gemacht. Auf diesem Weltsklavenmarkt können sich nur Gehirnmittelklassler mit Intrigen gut über Wasser oder über der Scheisse halten. Zu welcher Kategorie ich immer gehören mag, Intrigen liegen mir nicht. In meinen Genen wird alles vorprogrammiert sein und ich habe es fatalistisch so zu nehmen, wie es eben kommen mag. Ein Sprechblasenfunktionär müsste man sein, mit Aalschleim überzogen, wenn man schon nicht für einen Nobelpreis gebaut ist! Ich bemerke, dass meine jetzige berufliche und private Situation mich fast sentimental werden lässt, wenn ich nachts beim Geratter des Airconditioners darüber nachdenke und dabei schwitze, obwohl ich nur mit einem Laken zugedeckt bin.Ich hoffe, Sie haben meine allegorische "Orchesterprobe" richtig verstanden.

Max, schreiben Sie mir einmal und berichten Sie von den Kasoves und dem Leben in Phili! Oder warten Sie, bis wir uns wiedersehen. Ich habe vor, an einem der nächsten Wochenenden in Philadelphia zu sein.

Mit vielen Grüssen,

   Ihr Eduard Schall."

Eduard Schall ist versucht, den Brief zusammenzuknüllen und in die grosse braune Supermarkttüte zu anderem Abfall zu werfen. Sollte dieser Papierfetzen mit dem anderen Zeug in der Tüte in den Ofen des Elektrizitätswerkes geschmissen werden und ein zigbillionstel

Energieteilchen abgeben für den Strom, der Airconditioner, Licht, Fernseher und Elektroherd inganghielt. Aber er steckt den Brief in einen Umschlag und pappt eine Briefmarke drauf. Abends wird er den Brief in die blaurote Mailbox am Weg zur 86. Strasse werfen.

Es ist der 6. Juli 1971, in der Zeitung wird vom Tod "Satchmo" Armstrongs berichtet, der an einer Herzinsuffizienz starb.

Kapitel 6

"Eine gesunde Forelle schwimmt gegen den Strom."

Gerhard Bihl, Personal- und Sozialpolitikleiter bei B M W

Besuch in Philadelphia.

Eduard Schall tankt sein Auto auf und startet nach Philadelphia. Es ist ein Freitag Abend. Er fährt durch die Nacht auf dem New Jersey Turnpike bis Exit 4. Die schweren Fernlaster beherrschen die Fernverkehrsstrasse mit oft überhöhten Geschwindigkeiten. Hie und da parkt ein schwerer Sattelschlepper am Wegrand und die Blinklichter glühen an allen Seiten der vorderen und rückwärtigen Aufbauten: rotein-rotaus-rotein-rotaus-rotein-rotaus.......
Über die Benjamin Franklin Bridge kommt Eduard Schall in die Stadt, ins alte Philadelphia. Als er die Baltimorestreet und sein Apartment erreicht, ist er müde. Am Morgen, als die Sonne scheint, wacht Eduard Schall auf und schiebt die Vorhänge zurück. Der tief-blaue Himmel ist mit ein paar kleinen Wolken bedeckt, weiss und weich wie Watte. Der Horizont erscheint wie für einen Film von Walt Disney dekoriert. Eduard Schall ruft Max Frey an, der verschlafen ans Telefon kommt.
Max Frey. "Halloh? Hou is calling, please?"
Eduard Schall: "Halloh, Max! Hier ist Schall, sorry, dass ich so früh anrufe!"
Max Frey: "Mensch am frühen Sonntagmorgen!"
Eduard Schall: "Ich kam gestern Nacht aus New York und bleibe bis heute abend hier."

Max Frey: "Sonntags in Philadelphia! Da gibt's doch nur in Hotelbars einen Drink! Was ist denn los? Ihren Brief habe ich bekommen. Ganz schön deprimierend! Ich hatte noch keine Zeit für eine vernünftige Antwort!"

Eduard Schall: "Ich dachte ich rufe früh an, damit wir ein Treffen bei mir oder irgendwo mit Johann Kasove vereinbaren können!"

Max Frey: "Mit Johann? Ja, wissen Sie denn nicht....."

Eduard Schall: "Nein.....ist was passiert?"

Max Frey: "Wie man's nimmt. Kasove ist nicht mehr in Philadelphia!"

Eduard Schall: "Ist er mit Familie zurück nach Austria? Ich hätte gerne mit ihm einiges besprochen."

Max Frey: "O.k., nun bin ich schon wach. Johann Kasove ist irgendwo im Mittelwesten. Keiner weiss, wo er gerade steckt. Seine Familie, wenn man davon noch reden will, nach einer Scheidung....."

Eduard Schall: "Hatte seine Frau endgültig durchgedreht?"

Max Frey: "Ich erkläre Ihnen das heute nachmittag. Die beiden haben eben, wie so viele vor ihnen, einfach die Nerven verloren. Die haben sich beide schon lange Zeit gegenseitig fertig gemacht, zerbrochen haben die sich, wie sovieles heute zerbricht! Aber davon heute Nachmittag mehr. Können Sie um drei Uhr nachmittags bei mir sein?"

EDuard Schall: "Fein, ich besuche meine Kinder, dann sehen wir uns um drei Uhr nachmittags bei Ihnen."

Max Frey: "O.K., machen Sie's gut, old fellow!"

Eduard Schall findet seine Kinder im privaten Schwimmbad. Mit seiner Tochter kann er sich nur englisch unterhalten, sein Sohn spricht einen Sprachmix aus Deutsch und Englisch. Bei Coca Cola und Orange Juice spielen sie mit einem elektrisch getriebenen Walfisch am Beckenrand des Swimming pools. Der Fisch speit Wasser und wackelt mit dem Schwanz. Eduard Schall hatte ihn in New York für vier Dollar gekauft. Kurz vor drei Uhr nachmittags nimmt Eduard Schall Abschied von seinen Kindern. Viel hatte er nicht mit ihnen reden können. Es steigt warm in ihm auf und er schluckt, als könnte er so die Misere der zerbrochenen Familie besser verdauen.Ein Sonntagnachmittag mit Sonne ist in Philadelphia eine ruhige Sache. Ausserdem ist alles wie in einem Bilderbuch, illustriert mit Onkel und Tante Tom. Im Sonntagsstaat, original Immitation "Weiss", steigt ein buntes Volk aus Trolleycar und Bus, das Angehörige und Freunde im Universitätshospital besucht. Auf den vergitterten Spielplätzen der Schulen spielen schwarze Kinder Basketball. Einige gelbe Taxis rasseln vorbei. Eduard Schall ist auf dem Weg zum Apartment von Max Frey.

Max Frey: "Da sind Sie ja, Eduard! Ich frage gar nicht, wie's Ihnen so geht! Sie haben mir ja in dem Brief alles anschaulich übersetzt. Hocken Sie sich irgendwo hin! Bier oder Gin und Tonic?"
Eduard Schall: "Gin und Tonic, bitte!"
Max Frey: "Bitte nehmen Sie sich ein Glas...nein, nehmen Sie zwei Gläser, eins für mich. Hier ist der Gin, ich gehe und hole Eis und Tonic."
Max Frey aus der kleine Küche nebenan: "Wann haben Sie New York endlich total dick?"

Eduard Schall: "Oh, New York ist nicht Philadelphia, aber ich werde es nicht so leicht dick haben, nur einige Leute mit denen ich klar kommen müsste."

Max Frey: "Aber mit denen Sie nie klar kommen werden! Die sind noch smarter als Ihr verflossener Lehrstuhlgaukler in old Germany!"

Eduard Schall: "Na ja, wir werden sehen! Irgendwie geht es immer wieder weiter. Nur reden alle zuviel von zuviel Geld. Hast und Nervosität überwiegen zwar die gemütlichen und schönen Seiten New Yorks und seiner alteingefleischten Bewohner, aber man könnte dort gut leben, wenn der Job und das Privatleben in Ordnung geht."

Max Frey: "Ja, hier in der alten Quäkerstadt ist es ruhiger ....und hier ist Eis und Tonic!"

Eduard Schall: "Das mit den Kasoves kam plötzlich?"

Max Frey: "Eigentlich nicht! Bei denen war immer eine Explosion drin. Johann trat nur immer wieder die glimmende Zündschnur aus, bis er entweder nicht mehr mochte oder es versäumte, die kurzgewordene Lunte auszutreten, bevor sie das Pulverfass erreichte....und BUMM, es krachte! Wieder eine Familie weniger und ein paar weniger glückliche Kinder mehr.!"

Eduard Schall: "Die hätten aus meinem Beispiel lernen können. Es müssen doch nicht alle Experimente wiederholt werden!"

Max Frey: "Die Kasoves kannten Sie mehr aus meinen Erzählungen. Ihre persönliche Bekanntschaft mit Johann war zu kurz. In einer Partnerschaft gelten nur die Regeln: "Du und ich!" - "Du oder ich!" - "Du gegen mich" - "Ich gegen Dich!". Aussenstehende haben keine direkten Einflüsse. Patentrezepte mit einer Medizin gegen kaputte Partnerschaften können nicht mit dem Löffel eingegeben

werden oder werden ausgespuckt, wie das Katzen beim Eingeben von
Medikamenten tun. Das müssten Sie doch wissen, Eduard!"
Eduard Schall: "Waren die nicht auch beim Eheberatungsdienst der
Universität?"
Max Frey: "Sicher! Die waren, wie Sie, ein weiterer Fall Nummer
Tausend-Ypsilon-Omega für einen Phychologen mit PHD-Anwartschaft,
für eine Dissertation als Fall J.K., Immigrant aus Europa,
Austria, Kostenpunkt fünfundvierzig Dollar."
Eduard Schall: "Ja, fünf Dollar pro Sitzung mit Tonbandaufnahme."
Max Frey: "Genauso war es bei den Kasoves. Genutzt hat es einen
Dreck. Routinefragen: "Mochten Sie Ihre Eltern? - Mochten Ihre
Eltern Sie? Die haben denen nicht gesagt, dass man tolerieren
muss, dass eine Frau ab und zu einen Satz zu viel reden und ein
Mann gelegentlich ein Bier zu viel trinken darf!" Eduard Schall:
"Bei dieser "Beratung" ist von Hilfe keine Spur, nur Neugierde! Im
Wartezimmer Broschüren über die intellektuellen Analysen des
modernen Sexlebens, Erziehung zum Sex bei ausgeleierten Ehe-
partnern, die sich dick bis zum Arsch haben, aber ihre Alters-
versorgung nicht verlieren wollen. Manche dieser "Berater" geben
dem einen oder andern Teil den Tip, wo er sich zu besseren Be-
dingungen scheiden lassen kann, als das nach in Pennsylvania
gültigen Gesetzen möglich ist. Vom Kittveruch einer gescheiterten
Ehe, nehmen diese Profis von vorneherein abstand. Die interesie-
ren sich nur für die "Psychologie!""
Max Frey: "Prost!"
Eduard Schall: "Prost!"
Beiden tut ein kräftiger Schluck gut, der kühl in sie hineinrinnt.
Johann Kasove verlor seine Stelle als Biochemiker im Institut oder

man hatte kein Geld mehr für den fleissigen Arbeiter aus Europa, weil Washington den Dollarsegen für Schulen und für die Wissenschaft drosselte. Johann Kasove lieferte excellente Ergebnisse, doch eines Tages hiess es: "German, you are a nice fellow, but...." Bevor Johann Kasove arbeitslos war, hatte er sich für 1000 Dollar scheiden lassen. Ella und die Kinder blieben im Haus. Ella arbeitet als Sekretärin. Die Kinder gehen zur Schule. Am Abend feiert Ella mit Freunden. Die Kinder sind oft allein. Johann zahlt in Dollar, mehr kann er als Vater vorläufig nicht tun. Allen ist es ein Rätsel, wie er den Unterhalt aufbringt. An kleinen Unis nahmen sie Johann Kasove nicht, weil er zu teuer und junge Amerikaner billiger waren. Zunächst kroch er in einem kleinen Chemiewerk unter, doch er war als ausgebildeter Spezialist kein Allroundman für diesen Betrieb. So wechselte er als kleiner Angestellter zu einem anderen Betrieb. In Europa hatte er keine Chance. Ältere akademische Chemielandsknechte waren nicht gefragt, ausserdem hatten die "klug" Zuhausegebliebenen alle Schlupflöcher besetzt und zubetoniert.

Eduard Schall: "Und wie steht's mit Ihnen, Max?"

Max Frey: "Mich brauchen die noch! Ich verkaufe nicht alles én gros, sondern én detaile! Ich weiss natürlich nicht, wie lange das noch geht. Ist mir auch wurscht, ich habe ja nicht wie solche heiratswütigen Familiengründer, wie Sie und Johann, meine sexuellen Bedürfnisse an eine Leine und in ein Bett mit schriftlichem Vertrag gelegt. Bei mir gelten nur mündliche Verträge auf Zeit ohne Kündigungsfrist."

Eduard Schall: "Sex und Orgasmus ist ja nicht das allein seligmachende in einer Partnerschaft. Vertrauen, Zusammenarbeit, dem andern die Gewissheit geben, dass er eine stützende Hand im Rücken hat, eine beiden gemeinsame Anschauung des Lebens, Ästhetik und noch viele andere sich ergänzende Aspekte bestimmen das Glück eines Zusammenlebens zweier Menschen ohne oder mit Kindern. Ich kann in meinem Zimmer in der Klinik hoch oben im Hospital in New York darübernachdenken!"

Max Frey: "Ich weiss das, seit ich Ihren Brief aus New York erhalten habe und auch in der Zeitung las, dass der städtische Magistrat eine Untersuchung an diesem Tierhospital eingeleitet hat. Sie werden wohl bald Ihren Job dort quittieren oder von diesem Smoothkop gefeuert werden. Die Leute Ihrer Fakultät hier erwarten von Ihnen, dass Sie das gute Geld einstecken und schlau in die andere Richtung schauen! Denken Sie an Ihre Kinder, Eduard!"

Eduard Schall: "Für die kann ich immer noch Geld verdienen!"

Max Frey: "Vorsicht mit ihren Worten! Hier im Lande sind gerade viele arbeitslos. Einige der PHD-Produktion arbeiten mit dem Doktorhut auf dem Bau und fahren Lastwagen!"

Eduard Schall: "Warum auch nicht! Es ist höchste Zeit, dass bei akademischer Überproduktion Dünkelhaftigkeit zerbricht. Ausserdem kann eine Arbeit auf dem Bau und am Steuerrad eines Trucks produktiver sein, als eine juristische, medizinische oder volks-wirtschaftliche Spiesserpraxis."

Max Frey: "Bravo! Eduard Sie werden ein Revoluzzer! Wir sollten eine antiakademische Vaccine entwickeln, die wir den Jungen unter die Haut pumpen, damit sie erkennen, dass man bei normaler Intelligenz mit Hobelmaschinen, anderen Werkzeugautomaten und Autorobotern etwas zustandebringen kann. Schauen Sie sich doch diese menschlichen Krüppel an, die in Kanzleien, Instituten und Hospitälern überarbeitet und unterbezahlt mit einem akademischen Grad dahinvegetieren! Unsere Situation hier und heute ist, dass Immigranten Steaks essen, Benzin verfahren, Bier oder Gin and Tonic trinken können, aber das richtige Geld machen? Das tun wir nicht, jedenfalls nicht in unseren Immigrationspositionen! Das machen die Amerikaner schön allein! Natürlich gibt es auch Ausnahmen, die den richtigen Riecher haben oder in einer Sparte arbeiten, die heute gefragt ist, wie zum Beispiel in der Electronic Industrie!"

Eduard Schall fährt an diesem Sonntagabend spät auf dem New Jersey Turnpike nach New York zurück. Er überlegt sich, was er zunächst den Interns und danach Jim Smoothkop sagen würde. Es musste eine Entscheidung fallen, für oder gegen ihn, andernfalls verlöre er seine Selbstachtung. Es war ihm bewusst, dass er sich auf ein Vabancspiel eingelassen und nun alle Konsequenzen zu tragen hatte.

Kapitel 7

"....lernbereit, kooperativ, weltoffen, bereit zu improvisieren
und auch selbst mit anzupacken - so sieht der gängige
Wunschkandidat aus."

Vera Blei, Journalistin.

Letzte Tage in New York.

Eduard Schall bereitete zwei Wochen ein Referat für die Interns
des Hospitals vor, das am Eastriver von Geldern der Stadt und
Spenden einer Tierschutzorganisation finanziert wurde. Während
dieser Zeit musste Jim Smoothkop einer Kommission der Stadtver-
verwaltung Rede und Antwort stehen über das Klinikmanagement. Es
waren schon vor längerer Zeit Klagen von Tierschützern in der
Presse erschienen, die verschiedene Fehler aufdeckten, für die Jim
Smoothkop verantwortlich gemacht wurde. Unter anderem wurden
Vorwürfe laut, die das Erschlagen von Tieren anprangerten, die
noch lebend aus der Unterdruckkammer gezogen wurden. Die Verhand-
lungen fanden hinter verschlossenen Türen statt. In der Kommission
waren auch Veterinäre, die mit Smoothkop befreundet waren und die
von ihm mit Volontären für die abendliche Praxisarbeit, die man
"Moonlightwork" so treffend nennt, versorgt wurden. Wie zu erwarten, ergaben sich keine schwerwiegenden Konsequenzen für Jim
Smoothkop, abgesehen davon, dass die Unterdruckkammereuthanasie
ausgesetzt wurde. Nachdem dieses Theater beendet war, sprach
Eduard Schall mit den Interns, die im Schulungsraum versammelt waren. Er legte klar, dass er ihnen ein Manual der wichtigsten internistischen diagnostischen Techniken mit Hinweisen zur Therapie

ausgeliefert hatte. Er wies daraufhin, dass es in der Zwischenzeit gelungen war, aus dem Krankengut des Hospitals einige seltene Erkrankungen herauszufischen. Auch in der Therapie hatte man gute Erfolge erzielt, auch wenn noch einige Lücken zu schliessen seien.

Zur abschliessenden Unterhaltung zeigt Eduard Schall eine Diareihe, die den typischen Weg eines Interns illustrierte. Den Weg nach der Studentenzeit, die praktischen Arbeit in einem Hospital am Tage und Abend und in der Nacht und den müden Intern am Morgen. Er sprach jene Hochschulabsolventen an, denen aufrund ihrer Ausbildung, ihrer Möglichkeiten und ihres Alters eine vielversprechende Karriere winken konnte. Ausreichende prestigeträchtige Aktivitäten, die sie schon während des Studiums einübten, stellten ein hohes Potential dar, das besser genutzt werden müsste. Das könne nur geschehen, wenn die Personalberatung fachlich intensiviert wird und die Fähigkeiten zum Teamwork bei persönlicher Eigenständigkeit weiter gefördert würden. Ob die Burschen das kapiert hatten , würde sich bald zeigen.

Einige Tage nach dieser intensiven Gehirnwäsche der Interns, hatte Eduard Schall eine Besprechung mit Jim Smoothkop.

Jim Smoothkop: "Halloh, great man! Ihre Diagnosen sind excellent! Ein Intern berichtete mir von Ihrem Referat!"

Eduard Schall: "Ich bin kein "grosser Mann", ich kann es gar nicht sein, weil mir die Hände gebunden sind. Ich weiss nicht, warum ich überhaupt hier bin."

Jim Smoothkop: "Sie haben die alten und neuen Assistenten zu unterrichten und zu betreuen, grosser Mann!"

Eduard Schall: "Wir haben hier grosse Probleme, Dr. Smoothkop! Es ist nicht genügend Zeit eingeplant, die Interns ausreichend fortzubilden, wie gute Diagnosen zu erarbeiten sind, wie sie weiteres Wissen, Erfahrung und professionelles Selbstvertrauen gewinnen könnnen. Dieser Platz hier ist für Routiniers, nicht für Anfänger geeignet, deren Ausbildung billig genutzt wird, um in erster Linie Impfungen durchzuführen."

Jim Smoothkop: "Da stimme ich mit Ihnen nicht überein, Ed! Dies hier ist ein guter Platz für Anfänger, für Interns. Als ich vom AMH, dem grössten amerikanischen Tierschutzhospital in Boston, hierherkam, gab es hier keinen Röntgenapparat, keine Pathologie....."

Eduard Schall: "Keine Interns....."

Jim Smoothkop: "Richtig, nur genügend Fälle, die mit unzureichender Ausrüstung behandelt wurden!"

Eduard Schall: "Dieser Platz mag solange in Ordnung gewesen sein, solange er ein Hospital zur Notfallversorgung und für Vaccinierungen repräsentierte. Heute herrscht hier ein verwirrendes Durcheinander. Sie können mit dieser Organistation hier nicht Boston kopieren. Dafür ist das Animal Medical Center downtown zuständig!"

Jim Smoothkop: "Ich widerspreche Ihnen nochmals! Dieser Ort hier hat sich professionell verbessert und ich versuche nicht Boston zu kopieren. Für eine bessere Organisation zugunsten der Interns sind Sie hier, Ed."

Eduard Schall: "Wie kann ich eine Hospitalorganistion verbessern? Wie kann ich etwas für Interns tun, die morgens müde vom "Moonlightwork" herumhängen oder beim Wochenenddienst für Notfälle nicht erreichbar sind, weil sie in einer Privatpraxis Hunde und Katzen kastrieren? Ich habe hier keine Befehlsgewalt oder kann auf diese Missstände gar nicht einwirken. Dieses Hospital wäre geeignet mit einem entsprechendem Team in eine 24-Stunden-Notfallklinik umgewandelt zu werden."

Jim Smoothkop: "O.k., ich verstehe Sie, Ed. Aber wir können das "Moonlightwork" jetzt nicht abstoppen, aber ich verspreche Ihnen, dass wir Interns, die neu zu uns kommen, nicht dazu ermutigen!"

Zwei Tage nach diesem Gespräch gibt Jim Smoothkop eine Coctail-party in seinem Haus mit Privatklinik in den Suburbs von New York. Alle alten und neuen Interns sind zu Gast. Eduard Schall trinkt Gin and Tonic und lacht. Die jungen Interns stehen bei alten Praktikern, die ebenfalls zur Party eingeladen sind, und handeln mit diesen neue Verträge für "Moonlightwork" aus.

Nach dieser informativen Party unterhält sich Eduard Schall noch einmal mit den Interns und am nächsten Tag. Es kam zu einen abschliessenden Gespräch.

Jim Smoothkop: "Ed, Sie sprachen zu den neuen Interns?"

Eduard Schall: "Ich sagte einige einführende Worte."

Jim Smoothkop: "Haben Sie zwei Vertreter der Interns zu mir geschickt, die mir erklärten, Sie würden gehen, wenn ich Sie nicht besser unterstützen würde?"

Eduard Schall: "Ich habe keine Vertreter der Interns beauftragt, zu ihnen zu gehen, um Sie unter Druck zu setzen!"

Jim Smoothkop: "Aber die sagten mir, sie würden in 14 Tagen gehen, wenn ich nicht einiges umorganisieren würde, wie Sie es haben wollten."

Eduard Schall: "Verwechseln Sie nicht Dinge, die ich ihnen vor Wochen vorgetragen habe, die Sie versprachen zu ändern, mit dem was die beiden Interns ihnen vortrugen, die von mir nicht dazu beauftragt waren."

Jim Smoothkop: "You really think I am double faced....Sie meinen
wirklich ich sei unaufrichtig?"

Eduard Schall: "Oh ja, da bin ich jetzt ziemlich sicher!"

Jim Smoothkop: "Dann können wir nicht zusammenarbeiten und ich
muss Sie gehen lassen. Ich will Ihnen zugestehen, Sie sind einer-
seits zu ehrlich, andererseits aber ein sturer Deutscher und Sie
haben kein Talent für eine diplomatische Karriere!"

Eduard Schall: "O.k. Ab Mitternacht werden Sie mich hier im Hospital nicht mehr vorfinden. Ihnen wünsche ich weiterhin viel Glück
mit Ihrer Überflexibilität."

Jim Smoothkop: "Ed, Sie werden noch an mich denken! Sie haben hier
das mehrfache verdient, was sie an der Uni bekamen. Sie wären im
kommenden Jahr Direktor der internen Abteilung geworden und hätten
sehr gut mit unserem Chirurgen zusammengearbeitet und Sie hätten
sich in einigen Jahren eine Privatklinik, wie ich eine habe, in
den Suburbs New York's oder in New Jersey nebenbei aufbauen können, diese Chancen haben Sie verspielt!"

Man muss hier anmerken, dass einige Jahre nach diesem Gespräch Dr.
Smoothkop sich auf seine Privatpraxis zurückziehen musste, weil
das Tierschutzhospital am Eastriver geschlossen wurde und damit
lebte auch der Tierholocaust á la Jim Smoothkop nur noch unrühm-
lich in der Erinnerungen fort. An seinem letzten Arbeitstag sieht
Eduard Schall, wieviele verletzte Tiere ins Hospital gebracht werden. Darunter eine Katze, die aus dem 14. Stock eines Wolken-
kratzers gefallen war. Sie hatte mit vielen Knochenbrüchen überlebt und wird im Op-Raum versorgt. Am Spätnachmittag wird ein Hund
hereingetragen, der sich im Central Park Haut, Gefässe und Sehnen
an einem Vorderlauf zerschnitten hatte. Schuld an diesen Verlet-

zungen waren die Scherben einer der vielen weggeworfenen Bier-
flaschen in Gras und Buschwerk. Nach fünf Uhr p.m. kommen weitere
Notfälle. Der diensthabende Intern ist wieder nicht erreichbar, er
macht mit einem Praktiker Hausbesuche für die er 25-50 Dollar pro
Besuch bekommt. Es waren drastische Beispiele für Eduard Schalls
Vorschlag die Holocaustklinik in ein Notfallhospital für Tiere
umzuwandeln. Aber mit einem effizienten Team und Manager. Nach einem ausgiebigen Abendessen packt Eduard Schall seine Sachen in
sein Auto und verlässt New York auf dem New Jersey Turnpike bis
Exit 4. In Eduard Schall lag immer noch die Abwehr gegen einen
stupiden Machtzwang sprungbereit, der einen individuellen Widerstand zu vernichten suchte. Aber als immigrierter David landete er
keinen Kieselstein bei Goliath. Wie damals, als er mit 17 Jahren
die Heimabendlesungen aus "Mein Kampf" verweigerte und sich dafür
3 Tage Gefängnis einhandelte. Ähnlich wie bei Jim Smoothkop kas-
sierte er dafür das Unverständnis von Familie und Freunden. Solche
kritischen Ablehnungen waren damals unzeitgemäss und sind es auch
noch ausgangs der 80iger Jahre in den USA. Er hatte unvollständig
verheilte Narben davongetragen, die dazu beitrugen, nicht schlau,
opportunistisch, sondern mit striktem Widerstand auf die Praktiken
eines Jim Smoothkop zu reagieren. Es nützte dem nun arbeitslosen
Immigranten im Moment gar nichts, dass Jahre nach diesem Eklat ihn
ein Amerikaner besuchte und ihm sagte: "Ed, Sie hatten damals
recht!" Im Augenblick ging es bei Eduard Schall darum einen neuen
"Job" zu finden, der ihm genügend Dollars zum Leben einbrachte.

Kapitel 8

"Die restliche Welt hält die Deutschen für grüblerisch, für stets
ein wenig verzweifelt...."

Louis Wittenberg in "Zeig mir Dein Buch..."

"Sorge dich nicht, lebe!"

Dale Carnegie, amerikanischer Autor.

Wieder in Philadelphia.

Es ist der Sinn, an etwas zu erinnern, was man eigentlich schon
weiss. Ein Buch beinhaltet mehr oder weniger raffinierte Rezeptu-
ren, schrieb Louis Wittenberg in einem Artikel, gegen das Unglück
im allgemeinen und im besonderen gegen die Schlaflosigkeit. Dale
Carnegiemeint dazu: "Arbeiten Sie sich aus. Oder versuchen Sie zu
beten!" Solche Ratschläge sind für Eduard Schall keine Zeugnisse
tiefschürfender Kenntnisse des Lebens, die ihm real weiterhelfen.
Weder schlief er auf der Fahrt nach Philadelphia, noch betete er
und ausarbeiten konnte er sich schon gar nicht. Eduard Schall
unterhält sich mit einem Amerikaner, der an der Universität von
Pennsylvania arbeitet. Über den Eklat in New York war er unter-
richtet. Er war es, der Jahre später Eduard Schall bestätigen
wird, er habe recht gehabt, Jim Smoothkop Vorhaltungen zu machen.
Aber er könne trotzdem die Art des Vorgehens gegen einen Inhaber
der Exekutive, nicht für "klug" ansehen.

Amerikaner: "Ed, Sie haben gegen die Regeln des Managements ver-
stossen. Das war falsch und ist für Sie mit Gefahren verbunden!"

Eduard Schall: "Ich habe mein ganzes Leben lang versucht, gut und

mit Engegement zu arbeiten und empfinde dabei heute noch eine
gewisse Freude. Mein "Verstoss" richtete sich gegen das schlechte
Management und ich plädierte für das g u t e Management. Ich
werde immer meutern, wenn ein System stinkt und bin bereit, dafür
die Konsequenzen zu tragen!"

Amerikaner: "Ein neuer deutscher Michael Kohlhaas!"

Eduard Schall: "Smoothkop's Hospital ist ein Exempel für schlechtes Management. Es war ein Quatsch, mich als Immigrant für diesen
Miststall zu engagieren, wo ich keine Macht hatte irgendetwas zu
verbessern. Meine Immigration ist Test und Richtschnur für die Zukunft. Der Jim Smoothkop suchte doch nur einen unkritischen
Abhängigen, den er als internistischen "Direktor" einzusetzen
plante. Und wenn ich das erwähnen darf, ich bin vergleichbar mit
einem Fussballtrainer, der engagiert wurde, mit einem Team einen
Pokal zu gewinnen. Aber dem ein Vereinspräsident die Trainings-
modalitäten korrigiert und sabotiert. Das können Sie immer wieder
beim Sport erleben und in der Presse nachlesen."

Amerikaner: "Sicher! Aber diese Trainer haben mehr Geld auf dem
Konto als ein Immigrant, wie Sie, Eduard Schall."

Eduard Schall: "Bevor ich nach New York startete, hörte ich immer
wieder: "He is a nice guy, a very nice guy!" Aber keiner aus dem
Chor hatte es je ausprobiert, mit ihm zu arbeiten. Er ist ein typischer Lizenzträger, ein akademischer Gebrauchtwarenhändler, der
in erster Linie ein egomanisches Geschäft und keine echte berufliche Verantwortung in seinem Beruf sieht. Aktien, Grundstücke und
eine schlau einzementierte Berufsposition als Plattform, das ist
für Typen wie Dr. Shmoothkop Lebensinhalt. An diesen Platz in New
York gehört ein Vollprofi mit ein bisschen mehr Substanz!"

Amerikaner: "Er wollte, dass Sie ihm dabei helfen, Ed. Sie hätten das tun können!"

Eduard Schall: "Das sagte er Ihnen, das gaukelte er mir vor, obwohl er genau wusste, dass sich gar nichts unter seiner Regie ändern würde. Stellen Sie ihn einmal in die Ecke, dann verteidigt er seine Disorganisation, die nun schon zwei Jahrzehnte einem ausgefahrenen Geleis folgt! Bei allen Erklärungen dieses Mannes, muss man mit einer bösen Unaufrichtigkeit rechnen. Ich habe mich dieser Provokation gestellt. Dieser Smoothkop versteckt sich hinter Masken."

Amerikaner: "Ed, Sie sollten erfahren genug sein, dass es in der Welt eine satte Menge solcher Smoothkop's gibt."

Eduard Schall: "Natürlich weiss ich das, aber wie hätte ich diesen "netten Kerl" aus der Ferne erkennen sollen? Das konnte ich erst vor Ort, Aug' in Auge! Dabei bin ich Immigrant, Sie sind Amerikaner!"

Amerikaner: "Er meinte Sie seien zu deutsch und zu arrogant!"

Eduard Schall: "Ich bin nicht arrogant, das wissen Sie ganz genau! Ich habe nur gegenüber seinen öligen Äusserungen eine bestimmte Position eingnommen. Dabei habe ich einen höflichen Ton angeschlalagen."

Amerikaner: "Im Grunde haben Sie recht, Ed, aber Sie müssen lernen diplomatischer zu sein, sonst können Sie nicht professionell überleben!"

Der Amerikaner weiss, dass Eduard Schall, kein Heiliger sein kann. Bei diesem Doktor Smoothkop schon gar nicht. Er sprach mit ihm mehrmals am Telefon.

Eduard Schall: "Sie meinen, ich könnte hier oder irgendwo in der

Welt auf diese Art und Weise meinen Beruf nicht ausüben? Die
Begriffe und Maximen die in Beruf und Politik zum Karriereaufbau
gehören sind in der Theorie harmloser als die Realität, der ich
beispielhaft in New York bei diesem abscheulichen Schlaukopf ausgesetzt bin. Dabei glaubte er, ich sei, wie viele andere, erpress-
bar ihm ausgeliefert. Er täuschte sich!"

Amerikaner: "Ed, ich würde in meinem Department niemand dulden,
der meinen Angestellten erzählt, ich hätte einen falschogasierten
Platz........"

Eduard Schall: "Oh, pardon me, Sie können Ihr gut organisiertes
und etabliertes Department nicht mit dem vergleichen, von dem ich
gerade komme. Unter Ihrer Leitung habe ich mitgeholfen junge Burschen, Seniorstudenten, mitzuerziehen, damit sie lernen, eine kri-
tische und gute Arbeit zu leisten. Und dann erlebe ich, wie diese
jungen Leute darüber dicke Prüfungen ablegen und haben sie die
bestanden, geraten einige an einen Dr. Smoothkop, der alles so
verwässert, dass nur übrig bleibt möglichst schnell in der Lage zu
sein, einer Klientel schlau das Geld aus der Tasche zu ziehen und
dabei reich zu werden...."

Amerikaner: "Wollen Sie sich gegen das Alltagsleben stellen?"

Eduard Schall: "Ich bin nicht gegen Geldverdienen, ich kritisiere
nur bestimmte Praktiken! Ich bin nach den USA gekommen, um mich
selbst weiterzubilden und engagiert zu arbeiten, nicht um bei einem Dr. Smoothkop ein dollarbestücktes Scheindasein zu führen!
Vielleicht erregt eine unkonventionelle, auf kunst- gerechte Ef-
fizienz zielende Art manchmal kollegiale Verwunderung. Ich habe es
gelernt in einem Netz von Hochspannungsdrähten zu leben und ich
kenne und erkenne eitle, selbstbewusste und unangenehme Berufs-

funktionäre."

Amerikaner: "Denken Sie an Caesar, der war ehrgeizig u n d klug, ein Machtmensch."

Eduard Schall: "Ja, aber mit Epilepsie und Zahnfäule behaftet. Arme Kleopatra! Vielleicht hätte er statt Columbus Amerika entdecken sollen!"

Amerikaner: "Sie werden scheitern, wenn Sie so weitermachen!"

Eduard Schall: "Das ist eine Sache der Ansicht und des Standpunkts."

Amerikaner: "Ich habe dafür gesorgt, dass in New York Ihre Gehaltszahlungen weitergehen und Sie eine Abfindung bekommen. Sie haben finanzielle Verpflichtungen gegenüber Ihren Kindern."

Eduard Schall: "Ja, vielen Dank. Ich habe einige Angebote von Privatkliniken, ich werde weiter versuchen Wissen in Geld umzusetzen...."

Amerikaner: "Geld stinkt nicht! Sie müssen nur lernen kompromissbereit zu sein, dann ist alle o.k.!"

Eduard Schall: "Ach, was soll diese Gehirnwäsche. Ich kann realistische Kompromisse schliessen, aber nicht an solchen Scheissplätzen, das wissen Sie.!"

Amerikaner: "Sie machen sich das Leben unnötig schwer. Man muss nicht immer laut sagen, was man in Gedanken seziert!"

Eduard Schall: "Jeder hat eine begrenzte Reserve und gilt es Schwierigkeiten zu überwinden, wird diese Reserve aktiviert und wer beim Pissen zu früh den Schwanz einzieht, bekommt eine nasse Hose!"

Eduard Schall hat mit der kleinen Inflation zu kämpfen, in den USA tickt wieder einmal die grosse Zeituhr gegen den Dollar. Ob sie

für den Rubel tickt, kann man nicht überblicken, der wird an der
Börse nicht gehandelt. Eduard Schall macht sich darüber auch nicht
den geringsten Gedanken. Das Land mit der freien Marktwirtschaft
leidet darunter, dass der Sozialismus und Kommunismus hart gegen
den amerikanischen Haupt- und Lieferanteneingang pocht!
Die Amerikaner haben Angst vor den Roten vor den Toren. Im Land
ballen sich schwarze und weisse Fäuste, weit entfernt brennen die
Feuer kleiner Kriege unter amerikanischem Truppeneinsatz.
Arbeitslosigkeit beugt den Nacken entlassener Angestellter und
krümmt manche Hand, die nicht zu Kommunisten gehört. Viele Jahre
später wird Eduard Schall in Deutschland erleben, was er jetzt in
den USA beobachten kann. Washington kürzt staatliche Subventionen.
Die Drogensucht steigt an, Sex gegen Existenzangst! Tricky Nixon
reibt sich die Hände. Seinem politischen Handelsvertreter Kissinger, übrigens ein erfolgreicher deutscher Immigrant, ist es gelungen ein Treffen mit Mao Tse Tung einzufädeln. Die Chinesen dürfen dafür in die UN einziehen. Formosa mit seinem anämischen
Tschiangkaischeck wird als Zugabe geopfert.In Pecking reagiert man
auf die transparenten Manöver Nixon's und Kissinger's kühl, mit
Schauern. Die Schauer treffen die amerikanischen UN-Delegierten,
denen über Kopfhörer das Chinesische simultan übersetzt wird. Der
kommunistische chinesische Redner am UN-Pult sagt in etwa: "Wir
wollen keine Amerikaner in Indochina. Wir sind stark und eines
Tages stärker als ihr Amerikaner. Wir sind zahlenmässig überlegen,
wir sind eine geschlossenere Society und wir haben in unseren chi-
nesischen Hirnen bessere Ideen, als die Kapitalisten, die viele
der Bürger wie Sklaven unter Druck halten. Unsere Massenmenschen
haben innerhalb eines Menschenalters · eine völlig neue soziale

Struktur mit Hilfe von Maos Bibel geschaffen. Unsere Bürger haben nicht nur Intelligenz, sondern auch einen eisernen Willen. Wir werden unsere Intelligenz und die moderne Technik und die Erfahrungen des Kapitalismus für den sozialen Fortschritt nutzen. Bald werden unsere Massen ihren asiatischen Verwandten, den Rothäuten, die Amerika einmal massakrierte, die Hände reichen."

Der kleine Nixon wurde vom Riesen China etwas unter die Gürtellinie getippt.

Wochen später kommt Eduard Schall aus Connecticut, wohin es ihn zwischenzeitlich beruflich verschlagen hatte, wieder nach Philadelphia. Er trifft Max Frey.

Max Frey: "Gut Sie wieder einmal in Philadelphia zu sehen, Ed! Ich dachte schon, sie seien verschütt' gegangen. Aber Sie leben noch!"

Eduard Schall: "Besser, ich überlebe, wie lange noch, weiss ich nicht. Aber ich kann wenigstens wieder von Woche zu Woche planen, die kleinen Schritte mit nicht zu grossen Dollarsummen."

Max Frey: "Fetter werden Sie dabei nicht!"

Eduard Schall: "Aber zäher, verdammt zäher....!"

Max Frey: "Zähes fränkisches Wildschwein!"

Eduard Schall: "Beinahe hätten sie mich zur Sau gemacht, hier in den USA. Ich bin ein "Mister Krisis", der auf einem sehr schmalen Pfad wandelt, überall gefährdet und verwundbar. Kann ich nicht schlafen, zähle ich keine Schafe, ich rekapituliere das Pater noster, ohne fromm zu sein. Im Pater noster interesssiert mich vor allem die Stelle: "...und gib uns unser tägliches Brot!".

Max Frey: "Sie waren bei einem verrückten Praktiker gelandet, der seine Angestellten prügelte, wie ich gehört habe. Er war mit

Smoothkopp gut bekannt oder befreundet."

Eduard Schall: " ja, er liess seinen Sadismus auf andere Art an mir aus, nachdem er mit Jim Smoothkop telefoniert hatte."

Max Frey: "Ed, Sie sind ein ausgesprochener Glückspilz. Der Sadist wollte ihnen offensichtlich heimzahlen, was Sie Dr. Smoothkop angetan hatten."

Eduard Schall: "Ja, so ähnlich. Beispiel: eines Sonntags, ich versorgte gerade die stationären Tiere, erschien er nach dem Gottesdienst in der Klinik, mit seiner gesamten Familie, die scheu die Augen niederschlug. Mich herausfordernd, eröffnete er mir, die Geschäftslage sei gerade sehr schlecht, deshalb könne er mir das Gehalt in der vereinbarten Höhe nicht zahlen."

Max Frey: "Der erwartete wohl, dass Sie explodieren!"

Eduard Schall: "Den Gefallen tat ich ihm nicht. Ich kündigte mit Pokerface und steigendem Blutdruck!"

Niemand kann zu diesem Zeitpunkt ahnen, dass Eduard Schall am ausgleichenden Computer des Lebens einprogrammiert war. Fünf Jahre später würde er mit englischem Text einen akustischen Herzmonitor vorstellen, den er mitentwickelt hatte. Eduard Schall würde kurz nach einem transatlantischen Ausflug in den USA landen und in New Orleans auf einem Kongress das Referat vortragen. Er würde dort jenen "Kollegen" mit sadistischem Einschlag wiedersehen. Zwei Augenpaare würden sich noch einmal treffen. Kühl und mitleidvoll würde der RE-Immigrant Eduard Schall diesen Wicht mit Blicken streifen.

Max Frey. "Sie waren wieder einmal vogelfrei! Schöne Scheisse!"

Eduard Schall: "Nicht ganz. Ich mietete mich in einem Motel ein und führte Telefongespräche für Interviews an Kliniken in

Florida, New Jersey und Pennsylvanien, die mir einen Job anboten."

Max Frey: "Und wie geht's weiter?"

Eduard Schall: "Zunächst lief der Motor meines Wagens heiss, als ich auf dem Highway war. Ein Tankwart hatte vergessen Öl nachzu- füllen. Ein Kolben blockierte. Ich parkte am Strassenrand, setzte mich an die Böschung und wartete bis der Motor abgekühlt war. Ein New Yorker in sauberem Trenchcoat, Lederkappe und qualmender Pfei- fe hielt an und fragte mich, was los sei. Ohne viele Worte holte der Amerikaner eine Dose mit Öl aus dem Kofferraum seines Wagens, öffnete die Motorhaube meines Autos und goss Öl bis zum Überlaufen in den Stutzen. Der Motor war kühler, aber es war ein heisser Tag am Sommerende, wir schwitzten beide. Der New Yorker schob mit seinem grossen Wagen meinen Italiener vor sich her, hielt wieder, goss Öl nach bis der Motor meines Autos startete. Das Ganze dauerte etwa eine Stunde. Ich bedankte mich bei dem Helfer in der Not, der angebotene Dollars höflich lachend ablehnte und mir den Rat gab, jetzt langsam auf dem Seitenstreifen zu fahren und nicht vom Highway abzuzweigen. Vielleicht war es einer meiner Schutz- engel der winkend entschwand. Von anderen Autofahreren angehupt erreichte ich schwitzend das Motel und versuchte bei einem Schluck Bier keine Panik aufkommen zu lassen."

Max Frey hörte mit ernstem Gesicht zu, manchmal schüttelte er den Kopf.

Eduard Schall: "Ich sagte telefonisch die geplanten Interviews vorläufig ab, setzte mich vor die Motelkabine und zählte dabei die siebenunddreissig dürftigen Blätter eines Rosenstrauchs mit drei welken Blüten, gegenüber an der weisgestrichenen Bretterwand einer anderen Motelkabine, die ich in der kommenden Nacht anpinkelte, weil ich schlecht einschlafen konnte und vor Heimweh heulte."

Max Frey: "Ich weiss nicht, was ich in dieser Situation getan hätte."

Eduard Schall: "Wahrscheinlich dasselbe wie ich am Morgen. Ein Frühstück in der Sonne vor der Kabine und dem armseligen Rosenstrauch und dem zum Krepieren verurteilten Auto, das ich frisch gestärkt starten konnte, um zu einer Tankstelle mit Reparaturwerkstatt zu fahren. Die Motorwelle rumorte dabei, weil ich einen "Road nock" im Motor hatte, der nach fünf Meilen endgültig seinen Geist aufgab. Diesesmal stand ich am Strassenrand und versuchte per Anhalter weiter zur Tankstelle zu kommen. Das Glück bescherte mir erneut einen Schutzengel, der englisch sprach, in einem schön brummenden Strassenkreuzer anhielt und mich mitnahm. Wir stellten uns gegenseitig vor, der Amerikaner aus den Newenglandstaaten war Immobilienhändler. Dieser gute Mensch versuchte mir auf dem Weg zur Tankstelle ein sehr preisgünstiges Haus zu verkaufen. Zum Abschied lachte er mich an: "Doktor, hier ist meine Karte, vielleicht ein anderesmal, good bye!" Ohne dem Strassenkreuzer bewundernd nachzusehen betrat ich das Office der Tankstelle. Um es kurz zu machen, mein Auto wurde mit einem Abschleppwagen zur Wekstatt geholt. Bis zum nächsten Tag wurde das, was man noch ein Auto nennen konnte, fachmännisch untersucht. Ich trampte noch einmal zum Motel zurück, übernachtete und erfuhr am Morgen an der Tankstelle, dass mein Wagen zwar repariert werden könnte, die Ersatzteile aber erst bestellt werden müssten, die in ein paar Wochen vielleicht eintreffen würden. Nach kurzer Überlegung schoben Mechaniker den Wagen zu einer Autohalde und kippten ihn zu dem anderen Schrott. Da auf meiner Kreditkarte noch einige

Dollar waren, opferte opferte ich 200 Piepen und hatte einen alten
Rambler, dessen Tank ich mit wunderbar riechendem Benzin voll-
gurgeln liess. Beim Starten war mit dem Schaltgestänge etwas nicht
in Ordnung, mit ein paar Handgriffen und Öl wurde das schnell in
Ordnung gebracht. Ich konnte mich wieder fortbewegen Richtung
Philadelphia. Den Rambler habe ich hier wieder verkauft und in
einen kleinen sparsamen Franzosen umgetauscht. Ausserdem mietete
ich mir einen Uhaultruck, den ich bis morgen früh mit aller meiner
verbliebenen Habe inklusive des kleinen Franzosenautos beladen
werde. Meinen alten portable TV und anderes überflüssiges Zeug
inclusive meiner Alpträume und einem Rasiermesser, mit dem ich mir
den Hals durchschneiden wollte, habe ich in die Trashcan ge-
worfen!"

Max Frey: "Eine scheussliche Geschichte! Aber um Gottes willen, wo
wollen sie mit dem Uhaultruck denn hin?"

Eduard Schall: "Wieder nach Connecticut. Ich hatte mich dort
bemüht, eine Lizenz zu bekommen. Dabei lernte ich einen älteren
Amerikaner kennen, der in der Kommission für Lizentrechte tätig
war. Er hatte von meinem Missgeschick mit seinem Kollegen gehört
und er kannte auch die Qualitäten des Dr. Smoothkop in New York,
ausserdem hatte er einige meiner Artikel in amerikanischen
Fachzeitschriften gelesen. Nachdem wir uns persönlich kennengelernt hatten, offerierte er mir einen Job in seiner Privatklinik,
bei einem annehmbaren Gehalt. Er meinte, bei dem sadistischen
Kollegen hätte es noch keiner lange ausgehalten. Er könnte mich
ganz gut verstehen. Wenn ich Glück hätte, könnte er dafür sorgen,
dass ich ohne Prüfung eine Lizenz bekäme. Bis dahin könnte ich bei
ihm im Hintergrund die stationären Tiere der Klinik betreuen."

Max Frey. "Ihre Nerven möchte ich haben. Sie sind ein guter Lesebuchdeutscher. Auf diese Art werden Sie nie Millionär werden!"

Eduard Schall: "Idiot!"

Max Frey: "Meinen sie mich oder sich?"

Eduard Schall: "Mich natürlich!"

Max Frey: "Halten sie sich an die alte Indianerweisheit: "Bleibe am Ufer sitzen - die Leichen schwimmen an Dir vorbei!"

Eduard Schall: "Zur Zeit weiss ich nicht, ob ich der Indianer bin oder eine der vorbeitreibenden Leichen! Ausserdem habe ich keine Zeit am Ufer zu sitzen! Leben Sie wohl, Max!"

Einige Wochen nach diesem Gespräch geht Max Frey die Walnutstreet in Philadelphia stadteinwärts. Es ist spätnachmittags, der Himmel grau und die Helle des Tages beginnt noch nicht zu brechen. Max Frey ist auf dem Weg zum Supermarkt. Wenige Fussgänger begegnen ihm. Der Hauptverkehr bewegt sich auf der Strasse. Max Frey denkt darüber nach, ob er nicht besser mit dem Auto gefahren wäre, er hätte die braunen Supermarkttüten darin transportieren können, sollte er mehr einkaufen. So wird er nur ein paar Kleinigkeiten besorgen. Drei laut redende Schwarze, die Colabüchsen in Händen halten, kommen ihm entgegen und fixieren ihn.

Ein Schwarzer: "Hey, Mister! You have a moment?"

Die drei Schwarzen gehen auseinander. Zwei stehen im spitzen Winkel vor Max Frey, der Dritte direkt hinter ihm.

Max Frey: "Sorry, I'm in a hurry!" - dabei versucht er mit einem langen Schritt zwischen den beiden vor ihm hindurchzukommen. Der hinter ihm stehende Schwarze stellt ihm ein Bein. Während Max Frey stolpert, stösst ihm der Schwarze links vor ihm ein Messer in die Leber. Aufstöhnend fällt Max Frey weiter nach vorn. Der Schwarze an seiner rechten Seite rammt ihm ein Messer in den Rücken, Richtung Aorta.

Dritter Schwarzer: "Pig, sorry I'm in a hurry!", damit wischt er feixend sein blutiges Messer an der Hose des inzwischen toten Max Frey ab, der zusammengekrümmt auf dem Gehweg liegt. Einer der Mörder klappt sein Messer mit einer Hand am Oberschenkel zu und trinkt die Colabüchse leer, die er in der anderen Hand hält. Er wirft die leere Colabüchse neben Max Frey, dann rennt er mit den anderen beiden davon. Sie verschwinden um die nächste Ecke im Gewirr der Nebengassen und Vorgärten. Autos fahren brummend vorbei, deren Insassen den Körper am Gehweg nicht wahrnehmen oder vielleicht denken, wieder so ein besoffener Obdachloser. Die leere Colabüchse rollt in der Fahrtbrise der Autos auf die Strasse.

Max Frey, der kühle und hitzige Debatten für die gerechtere Behandlung der unterdrückten Farbigen geführt hatte, war von Schwarzen abgestochen worden, wie ein Schwein. Er war als "White Pig" dem Rassenhass oder der spontanen Mordlust schwarzer Raudis zum Opfer gefallen. Sinnlos, wie viele andere vor ihm. Sein fast ausgebluteter Körper wird einige Stunden später zusammengepackt. In einem Plastiksack wird er auf einer Trage in einen Ambulanzwagen geschoben, der ihn zu einem Gefrierfach der Pathologie bringt. Dort herrscht ein friedliches Nebeneinander der Hautfarben, was im lebenden Zustand in den USA der 70iger Jahre immer noch schwierig ist. Bei seiner Einreise, war dem damals noch warmlebendigen Max Frey ein Formblatt in die Hand gegeben worden, auf dem zu lesen stand, dass in diesem Land viele Menschen verschiedener Hautfarben und Glaubensbekenntnisse friedlich nebeneinander leben und es erwartet würde, dass der Neuangekommene sich hier gut einfügt.

Später sandte man ihm mit der Ausländerregistrierkarte ein anderes
Formblatt: "Willkommen in den Vereinigten Staaten von Amerika. -
Ihnen ist nun das Dauerwohnrecht gewährt worden. Wir hoffen, dass
Sie sich in unserem Land bald vollkommen zu Hause fühlen werden...Als Inhaber des Dauerwohnrechts in den Vereinigten Staaten
kommen Sie in den Genuss vieler Privilegien und Rechte, die Ihnen
durch die Gesetze der Vereinigten Staaten garantiert sind........"
Der tote Max Frey hatte sich gut eingefügt. Er hatte in den USA
ein Dauerwohnrecht für ewige Zeiten.

Kapitel: 9

"Nichts ist wahrer als das, was man nicht vergessen kann."

Sergiu Celibidache, Dirigent, Europa/USA.

In New England und Re-Immigration.

Eduard Schall kann und will nichts weiter tun, als die kleinen Schritte, einen Fuss vor den andern, ohne grosse Worte. Er hatte gelernt, grosse, weite Entfernungen mit eben diesen kleinen Schritten zu überwinden. Steht eine Gruppe von Menschen an einem Flussufer, an dem kein Indianer sitzt und auf vorbeischwimmende Leichen wartet, und will zum entfernten anderen Ufer, gibt's zunächst Diskussionen über das "WIE"! Eine Gruppe diskutiert sehr lange, eine andere Gruppe fällt einige Bäume, bindet sie zu einem Floss zusammen und stösst vom Ufer ab. Sie gelangen nicht zu dem gewünschten Punkt am gegenüberliegenden Gewässerrand, sie landen irgendwo weiter flussabwärts, aber sie sind über dem Fluss, derweil die Anderen immer noch am Ufer diskutieren.

Eduard Schall hatte in Philadelphia vom Ufer abgestossen, mit einem gemieteten Uhaultruck, vollgepackt mit seiner letzten Habe, die er um den kleinen Franzosenwagen, ein Peugeot, im Laderaum herumgestapelt hat. Den Peugeot hatte er über zwei Bohlen in den Frachtraum gefahren und geschoben und festgezurrt. Eine vorbeifahrende Streifenwaenbesatzung machte ihn darauf aufmerksam, dass er den rückwärtigen Teil des Peugeot, der etwas herausragte, am besten mit einem Teppich abhängen sollte, sonst könnten Sie Eduard Schall mit dem beladenen Truck nicht losfahren lassen.

Eduard Schall ist auf dem Weg nach Connecticut, um das zu
verkaufen, was er in Europa und in den USA gelernt hat. Dazu
gehörte auch, nicht aufzugeben, nicht zurück sondern nach vorn
schauen, auch wenn es dazu manchmal Scheuklappen bedurfte. Um
realistische Gedanken aufkommen zu lassen, ist es manchmal gut,
den Stand des Bankkontos zu kontrollieren. Er denkt daran, dass
zigtausende von Nasaingenieuren von heute auf morgen ihren Job
verloren und manche dieser Arbeitslosen berufsfremd als Wagen-
einsammler in Supermärkten arbeiten mussten, nur um überleben zu
können. Hypotheken platzten, Zweitwagen mussten abgestossen werden, weil die Bankzinsen untilgbar geworden waren. Eduard Schall
steuert den brav brummenden Uhaultruck bei Radiomusik und pfeift
dazu. Es ist aber nicht das Pfeifen eines ängstlichen Kindes im
Wald. Eduard Schall hat alle Kraft zusammengenommen und fährt mit
dem "Leck-mich-am-Arsch-Ge-fühl" in die nähere Zukunft in Connecticut, New England, USA.

Ein Immobilienmakler, im Hauptberuf Volksschullehrer, kann ihm ein
"Studioappartement" vermieten, sobald darin eine Heizung eingebaut
ist, denn jetzt im Spätherbst wird es nachts empfindlich kalt. Man
spürt die Luft aus Kanada. Bis der Einbau vollendet ist, kann
Eduard Schall in einem Raum eines leerstehenden Hauses des Maklers
wohnen.

Es kommt der Morgen, an dem Eduard Schall ein Ziehen an einem der
Backenzähne spürt und das Zahnfleisch darum herum anschwillt. Seit
Wochen bändigt Eduard Schall mit Tetrazyklintabletten die
Zahnentzündung so einigermassen, aber jetzt, als seine Zunge
vorsichtig das Zahnfleisch seines Oberkiefers abtastet, fühlt er
deutlich die gespannte Schwellung. Trotz der Schmerzen fährt er zu

seinem neuen Arbeitsplatz. Er muss einige kranke Tiere versorgen.
Eine Pflegerin hält eine Katze, die eine Infusion bekommt. Eduard
Schall holt sich zwei Tetrazyklinkapseln und schluckt sie mit Wasser. In Gedanken versucht er zu kalkulieren, wieviel ihn der Dentist kosten wird, den er wohl oder übel bald aufsuchen muss.
Einige hundert Dollar hat er der Bank inklusive Zinsen zurück-
zuzahlen, sein Auto braucht Benzin, damit er zur Klinik und wieder
"nach Hause" fahren kann und er muss Geld für seine Kinder
überweisen. Seine Zunge untersucht wieder die schmerzende
Zahnfleischstelle. Schliesst er den Mund spürt er den Backenzahn,
der mindestens um die Hälfte höher als die anderen Zähne zu sein
scheint. Er erkundigt sich nach einem Zahnarzt in der Nähe, den er
nach Dienstende aufsuchen will. Mit einem Pokerface bringt er den
Arbeitstag hinter sich. Auf der Heimfahrt klemmt er sich eine
Tabakspfeife zwischen die Zähne, damit der Backenzahn frei in die
Mundhöhle ragt und weniger schmerzt. Angekommen in dem völlig
leeren Haus des Makler-Lehrers macht er sich Rühreier. Beim Essen
dirigiert er die Rühreierbissen vorsichtig um den kranken Bak-
kenzahn, bevor er schluckt. Mit kaltem Cola kühlt er das geschwol-
lene Zahnfleisch und betrachtet mit schiefem Kopf den Regen vor
dem Fenster. Es ist ausgerechnet der Dreizehnte. Ein mieser Tag
als Zugabe zum Zahnweh. Er dreht den neu erworbenen Fernseher an.
Hitchcocks "Rear Window" kommt auf einem der TV-Kanäle. Während im
Film der Lahme aus dem Fenster fotografiert, schluckt Eduard
Schall Aspirin und Tetrazyklin. Er hüllt sich in eine Wolldecke
und siniert auf seinem Notbett, das er zusammengefaltet in dem
Uhaultruck aus Philadelphia mittransportiert hatte. Den englischen
Filmtext nimmt er nur als Geräuschkulisse wahr. Draussen klatscht

das Wasser vom dunklen Himmel aus übervollen Dachrinnen auf Zementboden. Nahe der Küste rast ein Hurricane über den Atlantic. Eduard Schall schwitzt wegen der Aspirinwirkung. Etwas wie eine Ölbergsituation kriecht in seinem Innern hoch. Er schlägt die Wolldecke zurück, stopft die Pfeife und zündet den Tabak an. "Verdammte Scheisse!", flucht er laut. Sein Leben hängt jetzt von kleinen Summen ab. Oder, soll er den totalen Bankrott anmelden und mit dem letzten Geld einen Flugschein für den Rückflug nach Europa nehmen? Vor und während der Scheidung hatte er sich noch gewehrt, dass Ehe und Zusammenleben kaputt gehen. Am Ende wollte er nur da sein, um dafür zu sorgen, dass wenigstens die Kinder halbwegs ihre Ordnung hätten. Sandra hatte ihn nur ausgelacht.

Nach zwei weiteren Zahnwehtagen und einem Telefonanruf sitzt Eduard Schall mit weit aufgerissenem Mund in einem Zahnarztstuhl bei einem Dentisten. Ein etwa Vierzigjähriger mit Goldrandbrille und schlauem Lächeln in einem ovalen Gesicht mit dezenten Fettpölsterchen, erworben bei geregelten Mahlzeiten und Breakfast mit Bacon, Egg und Toast, begutachtet den Zahnschaden in seinem Oberkiefer.
Eduard Schall kann den Mund wieder zumachen.
Dentist: "Ich fürchte, Herr Kollege, eine Extraktion....."
Eduard Schall: "Könnte ich etwas sagen...?"
Dentist: "Bitte, fangen sie an..."
Eduard Schall: "Es soll vielleicht eine Möglichkeit geben, den Zahnwurzelkanal des Molaren konservativ zu behandeln oder nicht?"
Dentist: "In diesem Fall sollten wir einen Spezialisten konsultieren, der nur am Wurzelkanal arbeitet!"

Eduard Schall: "Wie teuer käme das?"

Dentist: "Das weiss ich wirklich nicht, aber möglicherweise wird er Ihnen einen Sonderpreis machen."

Eduard Schall: "Dann sollte man das versuchen."

Dentist: "In Ordnung. Meine Sekretärin wird Ihnen die Adresse von Doktor Willbur Leonhard geben, einem guten Spezialisten. Wir werden für Sie einen Termin vereinbaren."

Eduard Schall: "Vielen Dank!"

Gegen Abend wird Eduard Schall von einer Zahnarzthelferin auf eine beige, länglich abgerundete Spezialcouch mit Handgriffen und Nackenstütze gelegt, angeleuchtet von einem nichtblendenden, weichen ovalen Lichtstrahler, der aus einer langarmigen Konstruktion herausragt. Der Spezialist kommt.

Spezialist: "Halloh, Dr. Schall! Ich bin Dr. Leonhard. Einen Moment! Gleich bin ich bei Ihnen!"

Eduard Schall: "Oh, das ist in Ordnung! Lassen Sie sich Zeit, Doktor Leonhard!"

Es dauert eine Weile.

Spezialist: "Entschuldigung, ich liess sie etwas warten!"

Eduard Schall: "Keine Ursache, Doktor Leonhard!"

Spezialist: "Erzählen Sie mir etwas über Ihren oberen UL7!"

Eduard Schall: "Ich verlor die Plombe, die vor einigen Jahren in Deutschland in einer Uni-Zahnklinik eingefüllt wurde.Ich habe seit Wochen versucht, die sich entwickelnde Entzündung mit Antibiotika zurückzudämmen. Vielleicht ist es möglich ohne Extraktion auszukommen, die Zahnwurzel konservativ zu reparieren und den Molar wieder zu verschliessen?"

Spezialist: "Sie sagen das so schön, Doktor Schall. Ich will sehen, was ich für Sie tun kann. Wie sie wissen, sind meine eupäischen Kollegen etwas antiquiert bezüglich Zahnbehandlung! Sicher werden meine deutschen Kollegen in den kommenden Jahren aufholen, sie kommen schon zahlreich zu Kongressen in den USA!"

Eduard Schall wird das Jahre später in Deutschland bestätigt finden.

Eduard Schall: "Ich habe inzwischen alle Füllungen verloren, die mir verpasst wurden."

Spezialist: "Lassen Sie mich mal die Sache genauer ansehen........ Oh, welch schöner Zahn! Wir wollen diesen UL7 Ihnen erhalten. Ihre Therapie war gar nicht so schlecht, das Zahnfleisch ist nur noch minimal angeschwollen."

Eduard Schall mit offenem Mund und Sperre zwischen den Zähnen: "MHM!"

Spezialist: "Erst fertigen wir mal eine Röntgenaufnahme-----Bitte, pressen Sie den Röntgenfilm mit ihrem rechten Zeigefinger fest an den Gaumen beim UL7! ....Danke! .....Lassen sie los....Einen Augenblick, bitte!"

Der Röntgenfilm wird entwickelt. Der Spezialist kommt zurück.

Spezialist: "Hier, sehen Sie, ist der Wurzelkanal entzündet, ein kleines Granulom. In vier Sitzungen bekommen wir das hin!"

Eduard Schall: "Wieviel Zeit benötigen Sie?"

Spezialist: "Sagen wir eine Sitzung pro Woche, da säubern und sterilisieren wir den Kanal und machen noch Röntgenaufnahmen zur Kontrolle!"

Eduard Schall: "Und der Kostenpunkt?"

Spezialist: "Normalerweise verlangen wir zweihundert Dollar, bei

Ihnen gebe ich einen Rabatt von zehn Prozent."

Eduard Schall: "O.k.!"

Wie vorausgesagt ist der Zahn nach vier Sitzungen bei dem Spezialisten gerettet und Eduard Schall ist Schmerzen und einhundertachtzig Dollar los. Eduard Schall arbeitet noch bis zur Weihnachtszeit in der Klinik des freundlichen älteren Yankees, der ihm den Vorschlag macht, er könnte doch jetzt seine Lizenz bekommen und in einigen Jahren mit Hilfe eines Bankkredits seine Klinik übernehmen. Allerdings verschweigt er, dass im Falle eines Brandes, laut Vertrag mit der Gemeindeverwaltung das Tierhospital an diesem Platz nicht wieder aufgebaut werden dürfte. Zum Fest bekommt Eduard Schall als Geschenk eine Flasche Bourbon auf seinen Schreibtisch gestellt. Er fährt zu seiner Behausung zurück, Tränen der Wut laufen über die Backen. Er packt seine Sachen in Koffer und Pappkartons und beschliesst, in New York am Kennedy Airport den Rückflug anzutreten. Er ruft Sandra in Philadelphia an und teilt ihr seinen Entschluss mit. Sie möchte bitte am nächsten Tag hierher kommen, damit er überflüssiges Gepäck, das er nicht mitnehmen kann, in ihren Wagen packt. Er versucht Max Frey telefonisch zu erreichen. Es meldet sich eine männliche Stimme: "Max Frey wohnt nicht mehr hier."

"Ist er umgezogen?"

"Pardon, ja. Er liegt auf einem Cemetary in New Jersey, er wurde vor einigen Wochen ermordet!"

Eduard Schall verschlägt es die Sprache.

Erchrocken legt er den Hörer auf.

Johann Kasove, von dem man seit seinem Wegzug von Philadelphia nichts mehr gehört und gesehen hatte, lebt zu dieser Zeit in einer Kleinstadt im mittleren Westen. Er hat aufgehört, grüblerische Gesellschaftskritik an den USA zu üben. Er geht Bowling, schaut sich Football-, Baseball- und Basketballspiele an. Seine einzigen Diskussionen in der Gemeinde mit 10.000 Seelen finden im Schul- und Kirchenbeirat statt. In einem College hat er als Chemielehrer ein zufriedenstellendes Auskommen. Er geht nicht mehr in Bars, um beim Bier über unerfüllbare Träume zu reden. Einmal in der Woche lässt er in einem Restaurant einen Tisch für zwei Personen reservieren, denn er hatte eine nette amerikanische Witwe geheiratet, die auch am College beschäftigt ist. Eines Tages war er mit der Amerikanerin zum Rathaus gegangen und sie erwarben nach dem obligatorischen Bluttest "Syphilis negativ" für fünf Dollar eine Marriagelizenz. Morgens geht er ins College, wo auch seine Frau als Bibliothekarin arbeitet. Er bezahlt pünktlich seine Rechnungen, nie überzieht er sein Bankkonto, den Kindern schickt er seinen Alimentenscheck und ist Mitglied eines Clubs, der sich "Die Kuponschneider" nennt, die Aktien einer Snowmobile-Firma besitzen. Er macht in dem Spiel "Make friends, not enemies" mit und geniesst den Ruf absoluter Seriosität. Freitags ist "Shopping day", samstags werden die zwei Autos gewaschen und sonntags gehts zur Kirche. Bald wird er mit ein paar glücklichen Spekulationen genügend Dollars für eine grössere Anzahlung für ein Haus beisammen haben. Seine neu angeheiratete amerikanische "Witwe" ist brav und ruhig. In der Lokalpresse erscheinen manchmal Leserzuschriften von einem "Professor Doktor Johann Kasove" oder er veröffentlicht im "Deutschen Hausboten" von Phoenixwishwill ein Gedicht.

Wie vereinbart kommt Sandra Schall nach Connecticut und Eduard Schall packt ihr Auto voll überflüssigen Gepäcks. Die Kinder sind dabei. Gemeinsam fahren sie nach New York durch den Lincolntunnel. Auf einem der Parkplätze des Kennedy Airport's warten zwei Schwarze in einem Auto. Sandra hatte sie aus Philadelphia herbeordert, denn Eduard Schall lässt sein Auto in den USA zurück. Einer der schwarzen Bekannten Sandras wird den Peugeot nach Philadelphia fahren. Eduard Schall gibt Papiere und Autoschlüssel, umarmt seine Kinder und checkt sein Rückwanderungsgepäck ein.

Eduard Schall: "Sandra, pass auf die Kinder auf!"

Sandra: "Wirst Du den Anschluss in Deutschland schaffen?"

Eduard Schall: "Keine Angst! Ich habe kein Wasser in den Schuhen! Ich habe einiges vorbereitet und schon Praxisräume von hier aus angemietet. Ich fliege ja nicht ins unbekannte Dunkel!"

Sandra: "Vielleicht haben wir alle etwas gelernt. Nur komisch, dass heute ausgerechnet der Dreizehnte ist!"

Eduard Schall: "Ja, aber kein Freitag, wie bei unserem Gang zum Standesamt! Wir hätten besser nicht gehen sollen! Good bye!"

Eduard Schall geht die verdeckte Gangway zum Flugzeug. Hinter ihm ein etwa Gleichaltriger, den er schon an den Gates gesehen hatte, als er sich von den Kindern und Sandra verabschiedete. Sie stellen sich gegenseitig vor und kommen ins Gespräch. Der andere ist ein Deutscher, Christian Dehmel: "Sie checkten mit zwei schweren Koffern ein."

Eduard Schall: "Ja, mit einigem Übergewicht!"

Christian Dehmel: "Mussten Sie dafür viel bezahlen?"

Eduard Schall: "Nein, no charge!"

Christian Dehmel: "Das geht nur bei Gruppenflügen."

Eduard Schall: "Stimmt, bei Charterflygth's unter englischer Flagge."

Christian Dehmel: "Ist schon ein Unterschied zwischen Kennedy Airport Haupt- und Northterminal."

Eduard Schall: "Rückwanderer fliegen kostengünstiger vom Northterminal!"

Christian Dehmel: "War das Ihre Familie am Gate?"

Eduard Schall ist eigentlich nicht zu einem Small Talk mit einem neugierigen Flugpassagier aufgelegt, aber er sagt: "Ja!"

Christian Dehmel: "Bleibt Ihre Familie hier?"

Eduard Schall: "Ja!"

* * *

Es ist ein trüber Morgen in Gatewick. Der Jet setzt hart auf und bremst scharf, denn die Rollbahn ist kürzer als in New York. Vom Airport Gatewick ist es keine langdauernde Fahrzeit mit dem Zug zum Viktoriabahnhof in London. Eduard Schall hievt 100 Pfund in zwei grossen Koffern ins Gepäcknetz. Er sitzt mit den hellwachen Augen eines Übermüdeten auf einer Holzbank im Abteil eines alten Personenwagens. Ein vielleicht ebenso alter Herr wie der Personenwagen, klettert in das Zugabteil. Stehkragen, Melone, zusammengerollter schwarzer Regenschirm, dunkler Anzug. Eine Art Hebammentasche setzt der Brite auf seine Knie. Im Rhythmus des Zuggeratters schaukelt ein Zwicker auf seiner Nase. Auch der zusammengerollte Schirm zwischen den Beinen und die Tasche auf den Knien des alten Herrn wackeln im Takt mit. Eine Figur zwischen Chaplin und Karl Valentin, denkt Eduard Schall. Vor dem Abteilfenster huschen lange Reihen einer Arbeitersiedlung vorbei.

Düstere schmutzige Anbauten im Miniformat kleben vor alten, verwohnten Häusern. Die Gärtchen mit Gerümpel gleichen Abfallplätzen. Ein sehr grosser Park mit kurzgeschorener grüner Grasnarbe und einzelne, ihre Äste weit ausbreitende Bäume, unterbrechen die Trostlosigkeit. Ein Bahndamm, dahinter schwarzgraue Fabrikhallen, taucht auf. Eine kleine Bahnstation blendet wie in einem Film das Licht ab. Eduard Schall schaut auf stumpfe, verrauchte Steine, der Zug fährt durch eine verrusste Mauerlandschaft.

Viktoriabahnhof London, kalt und alt, ein Kontrast zu Miniröcken und leicht verpackten Brüstchen junger Mädchen.

Eduard Schall fragt so ein Mädchen mit Minirock und leicht verpackten Brüstchen im Blüschen: "Excuse me please, can you...."

"Sie können ruhig deutsch mit mir reden" antwortet das Miniröckchen mit Zutaten, "Ihrem Akzent nach sind Sie Deutscher! Kann ich Ihnen behilflich sein? Nur wegen anbandeln muss ich Sie enttäuschen!"

"Oh, das habe ich nicht im Sinn! Ich suche ein Restaurant hier in der Nähe des Bahnhofs, das ist alles!", antwortet lächelnd Eduard Schall.

"Gut, ich zeige Ihnen einen Schnellimbiss, aber erwarten Sie kein erstklassiges Essen! Haben Sie gute Zähne, schaffen Sie das Kuhfleisch Londons und vielleicht können Sie sogar satt werden."

Der Aufenthalt in London ist kurz. Wieder in einem Zugabteil verstaut Eduard Schall die Koffer. Nach dreieinhalbstündiger Fahrt ist in der Nacht Dover erreicht. Ein Fischer greift das Gepäck und karrt es gegen ein festes Trinkgeld zur Fähre nach Ostende, wo ein ähnliches Zeremoniell von der Fähre zur Bahnstation stattfindet.

Endlich sitzt Eduard Schall im Zug nach Aachen. In einem Waschraum spült sich Eduard Schall den Schmutz von Gesicht und Händen und schabt sich seine Bartstoppeln weg. In der Aachener Gegend steigt an einem Bahnhof ein Rentner mit Frau und entsprechendem Dialekt ins Abteil.

Rentner: "Grüss Gott.......was ist jetzt das.....da sitzen welche auf unseren Plätzen !"

Ein japanisches Paar, das auch in Ostende zugestiegen war, schläft auf den Fensterplätzen.

Frau: "Vorbestellt haben wir die Plätze dort!"

Rentner: "Schon lange....schon vor Wochen....He, Sie da!"

Frau: "Die schlafen...und verstehn tun die Dich auch nicht!
Das sind Japaner!"

Rentner: "Denen werd' ich schon helfen!"

Eduard Schall: "In Ostende stiegen wir hier ein, da waren keine Reservierungen angezeigt!"

Rentner: "Aber ich habe meine Reservierung...hier...sehen Sie!"

Eduard Schall: "Nebenan sind noch zwei Fensterplätze frei!"

Rentner: "Ich habe d i e Fensterplätze reservieren lassen!
Nicht im Nebenabteil.......da muss der Zugführer her.....das werden wir schon kriegen, wäre ja noch schöner!"

Frau: "Ja, die müssen dort weg....immer diese Ausländer!"

Rentner: "Die Kerle sollten bleiben, wo sie herkommen....ist doch immer dasselbe mit diesem Pack!"

Ein Japaner öffnet die Augen: "Ich bin kein Kerl und wir sind kein Pack....werden sie bitte nicht ausfällig.....die Plätze hier waren in Ostende nicht als reserviert deklariert!"

Rentner: "Jetzt schau.....wie der daherredet....und deutsch kann er auch noch! Na, dem wer ich's zeigen!"

Frau: "Da kommt der Zugschaffner!"

Rentner: "He, Sie Herr Zugführer...da kommen Sie einmal her...hier sind meine Fahrkarten mit der Reservierung für die beiden Fensterplätze da....wo diese Ausländer sich breit gemacht haben."

Zugschaffner betrachtet die Fahrkarten des Rentnerehepaares. "Moment,.....im Gang muss die Reservierung angeschla.....ach, das ist vergessen worden....aber das macht nichts....He, Sie dort, Sie haben die falschen Plätze eingenommen! Machen Sie die sofort frei für diese beiden Herrschaften! Verstehen Sie?"

Japaner: "Ich verstehe Sie sehr gut..."

Rentner: "Wie der deutsch kann!"

Japaner: "Ich werde mit meiner Frau hier sitzen bleiben. Wir sind müde und mussten in Ostende lange suchen, um einen Platz zu bekommen, der nicht reserviert war. Für den Fehler der Bahn sind wir nicht verantwortlich."

Zugschaffner: "Also, Sie müssen weg da!" Der Uniformierte dreht sich um und geht.

Rentner: "Also....was ist, sie müssen weg da...Sie haben's doch gehört!"

Japaner: "Sie irren sich! Wir werden hier bis Mannheim sitzen bleiben."

Der Rentner schweigt.

Frau: "Jetzt sind die Plätze im Nebenabteil auch weg!"

Rentner: "Gut, dann setzen wir uns halt hin, aber da oben im Gepäcknetz muss schon noch Platz gemacht werden!"

Eduard Schall: "Das ist schlecht möglich. Ich war froh, als ich in Ostende die schweren Koffer da oben verstaut hatte!"

Rentner: "Wir sind hier in der Aachener Gegend, nicht in
Ostende!"

"Eduard Schall: "Ja, ich merke es, wir sind in Deutschland!"

Rentner: "Wo denn sonst!"

* * *

E p i l o g

"Gute Vorsätze werden auf ihren Wahrheitsgehalt im Alltag geprüft,
wie Sprüche aus Schulbüchern oder Regierungserklärungen"

Imre Grant, Autor, USA/Deutschland.

"Irgendwann wird 1999 vorbei sein, am nächsten Tag beginnt das
Jahr 2000. Na und?"

Richard Ford, Autor, USA.

"Die technische Industriezivilisation garantiert zunächst keine
Moral, aber sie garantiert einen höheren Lebensstandart für alle,
bei weniger anstrengender Arbeit und geringerer Verantwortung."

A. und M. Mischerlich, Deutschland.

Der amerikanische Alltag kann über die oft allzusensiblen Nerven-
endigungen der Auswanderer etwas Hornhaut wachsen lassen. Erfolge
und Erniedrigungen können Menschen stärkermachen und beides kann
schmerzen. Wer in ein Nachwirtschaftswunder-Deutschland zurück-
kehrte und Aufstieg und Götterdämmerung eines 12 Jahre dauernden
"1000-jährigen Reichs" miterlebte, mußte die Schwarte eines
fränkischen Wildschweins geerbt haben. Eduard Schall hatte sie. Er
kommt in einen verdammten Alltag. Etwas oder nichts hatte sich in
den Jahren seiner Abwesenheit geändert. Inhaber von Macht und Geld

waren nach dem Weltkrieg-II-Desaster in ihrem poltisch-taktischen
Denken der 20-iger und 30-iger Jahre stehen geblieben. Sie waren
konserviert und gefangen in Maximen und Ansichten eines positivis-
tischen Bürgertums.

So wurden manche verwickelten Verhätnisse in einem belasteten
Nachkriegsdeutschland auf oft primitive Art vereinfacht. Gefördert
wurde nur bedingungslose Gefolgstreue von Parteigängern. Die alten
Füchse waren dazu dressiert worden, dass gegebene Befehle auszu-
führen seien. Eine neue und jüngere Elite konnte sich nur langsam
entwickeln. Die alte Führungsgarnitur aus der zweiten Reihe war
unbelehrbar und stellte sich gegen jedwede Individualität und So-
li-darität, egal welcher Färbung. Die Restgarnitur aus der dritten
Reihe bildete eine Filzschicht von Konjunkturrittern und Mitläu-
fern. In diesem Reigen geübter Bücklingsmacher, die immer auf der
Lauer lagen, Andersgesinnte auf alle möglichen Arten zu mobben,
konnte die Luft zum Atmen und Leben dünn werden. Wer darin seine
Standpunkte behaupten wollte, wurde von den "Filzläusen" und
"Seilschaften" als ein David im Kampf gegen Goliath angesehen.
Und so wurde der Ost-David vom West-Goliath zunächst spekulativ
belächelt, als die "Deutsche Wiedervereinigung" unerwartet
schnell, vielleicht zu schnell, über die Bühne ging. Euphoris-
tische Erwartungen der ehemaligen DDR-Deutschen, auch "Ossis"
genannt, dämpfte der kolonialistische Einschlag des West-Ost-
gefälles. Der über den Atlantik zurückgekehrte Eduard Schall
konnte seine einstige fliegerische Ausbildungsstätte in Nordhausem
am Harz besuchen. Das Handwerkszeug eines Bordfunkers hatte er
hier in den Jahren 1942 bis 1944 gelernt. Täglich zwei Stunden
"Hören" und "Geben" von Morsezeichen, Luft-Luft-, Boden-Luft-

Verkehr im Sternverkehr mit dem FuGe 10, Verschlüsseln von Funk-
sprüchen mit mit der ENIGMA-Maschine, Navigation und Sternkunde
für den Oktantengebrauche und noch vieles mehr. Geschult wurde in
der Luft mit alten zweimotorigen Ju 86-Maschinen, die eine Dop-
pelheckflosse und schon im Spanienfeldzug der Legion Condor ge-
dient hatten. Auch französiche Beutemaschinen, Typ Caudron, wurden
zu Schulflügen benutzt. Eduard Schall lernte darin den Peilrahmen
bedienen. Manchmal holte er Tanzmusik von einem Sender herein und
der alteingefuchste Pilot ließ das Flugzeug im Takt der Musik über
den Wolken tanzen. Eine gemütliche Fliegerei war das damals, obwohl die ersten deutschen Düsenmaschinen, Typ Me 262 am Himmel mit
865 km/h dahinrauschten. Heute, gegen die mit einer überschallge-
schwindigkeit fliegenden Starfighter, lahme Enten. Manchmal lag
Eduard Schall in der Vollsichtskanzel einer zweimotorischen Maschine, der "Weihe", Focke-Wulf Fw 58. Mit dem alterprobten MG 15
mußte er eine große Zieltafel beschiessen, die auf dem Boden ge-
sichert aufgestellt war. Nach der Landung erfuhr er wie wenig
Treffer er hineingebracht hatte.

Das alte Rollfeld von einst war zuletzt von russischen Helikoptern
als Einsatzflugplatz genutzt worden, die Kasernengebäude waren als
Privatwohnungen vermietet und der ganze einstige Flugplatz war
vollgestellt mit tausenden von NVA-Fahrzeugen, Schrott von gestern. Alles gammelte so dahin, wie Spielzeug eines Riesenkinder-
gartens.

Eduard Schall besuchte die KZ-Gedenkstätte des Lagers "Dora".
Produktionsstätte von Raketen , Typ V-1 und V-2,und der Ort aus
dem die Häftlinge kamen, die Eduard Schall die erste und einzige
Erfahrung mit einer Gruppe von Weiss-blaugestreiften bescherte,

angeführt von einem sadistischen, brutal schlagenden SS-Offizier
mit goldenem HJ-Abzeichen. Vorbei, überlebt, aber unvergessen.
Jetzt herrschte der Luftzug der rauhen freien Marktwirtschaft in
den USA und der sozialen Marktwirtschaft Deutschlands. Der arbei-
tende Steuerzahler war ziemlich beschwert von einem sozialen Netz.
Der Alltag hatte zwei Gesichter.
Ein Alltagsgesicht glänzte satt und zufrieden auf der Sonnen-
seite, während ein anderes grau im Schatten schlich. Klappmes-
sermentalität, zusammengesetzt aus Feigheit und Angst. Wenige
schauten in den Spiegel, stöhnten aber mehr oder weniger laut
unter der Last von Steuern und Versicherungen. Das traurigste
Alltagsabbild lebte mit Plastiktüten, Kartons und Zeitungspapier
unter den Brücken. Vertrieben aus U-Bahnhöfen, aber unausrottbar,
wie Kanalratten.
Die Kohl'sche sogenannte "geistig-moralische Wende", war in ihrer
Doppelbödigkeit noch nicht erkannt und nutzte manggelnde Zivil-
courage fasst genüsslich, um Partei und Wahlvolk landauf, landab
zu beherrschen. Die Zitronen der Unredlichkeit sollten bis zum
Jahr 2000 blühen, bis sie reif zum ausquetschen wurden. Die Kanz-
lerhierarchie hatte sich schon sehr früh risikolos aufgebaut. Die
Last trugen die arbeitenden Bürger. Niemand ging Konflikte ein,
wenn er sich nicht sicher war, sie gewinnbringend zu lösen. Nur
wenige Insider wussten wie und wo Millionen als Spenden am Fiskus
vorbei auf Schwarzkonten gehortet wurden. Nach Mafiaart wurde im
Ausland Geld gewaschen. Aber das alles kam erst umdie 2000-Jahres-
wende heraus. Wer oponierte war schnell in einer Versenkung verschwunden. National und international gesehen, eine Zeit gefährlicher Überlebensprinzipien.

Manchmal fragte man den Heimkehrer Eduard Schall nach Erfahrungen
in den USA: Seine Antwort: Überleben nur mit gesundem Bankkonto,
gutem Kredit, sonst gehen Zähne, Autos und mehr kaputt.......und
natürlich brauchte man einen großen Schuss Kompromissbereitschaft
"Nobody is perfect".
Wer das nicht beherzigt, bleibt besser zuhause.
"Hats ja früher a net geb'n, dass oaner wollt woanders leben",
stand in "der Masskrug", einer bayerischen Zeitschrift von 1925.

In den 80iger und 90iger Jahren sind Amerikanismen zwar unerwünscht, aber dafür gibt es Germanismen in den USA. Thomas Bon-
figlio, ein Sprachwissenschaftler in Richmont Virginia, belehrt
uns 1996, dass es im amerikanischen Englisch schon immer deutsche
Worte gab und diese im Zunehmen sind. Nur Art und Zusammenhang der
Worte hätten sich im vergangenen Jahrzehnt geändert. Vollkommen
amerikanisiert sind "Fahrvergnügen", "Fest" und "Autobahn".
Eine Claudia Casagrande berichtet aus New York, dass ein Postmann
flucht: "Shit, I have a lot to schlepp." Ausserdem sind im Gebrauch "überhip", "Rucksack", "the Ratskeller", "Übermensch" für
Rambo und "Zeitgeist" und "Angst".
"Gegenüber Deutschland herrscht inzwischen eine allgemein positi-
vere Einstellung, meint Heidi Byrnes, eine US-Sprachwissenschaft-
lerin.
Man darf jenen Friedrich August Mühlenberg in Pennsylvanien nicht
vergessen, der Ende der 70iger Jahre des 18. Jahrhunderts in einer
Versammlung darüber abstimmen ließ: DEUTSCH oder ENGLISCH als na-
tionale Landessprache. Es stand "fünfzig zu fifty". Mühlenberg gab
seine Stimme zu fifty.

Ende der 60iger Jahre des 20. Jahrhunderts hört man "Deutschfrol-lein", "Auf Wiedersehn", "Kindergarden", "Blitzkrieg" und "that's kaputt". Vor Anbruch des neuen Jahrtausends plant man eine neue Rechtschreibung mit mehr "SS".

Fern von dem hektischen New York wirkt die Münchner Stadt wie ein Beruhigungsmittel. Tage mit Sturm und Regen verblassen manchmal mit einem Regenbogen am Horizont und der blaue Himmel lässt die Sonne den Alltag wärmen. Dazwischen fährt Eduard Schall mit dem in Japan von computergesteuerten Robotern gefertigten Auto nicht immer, aber immer öfter oder er geht zu Fuss mit fröhlicher Zuversicht auf Menschen zu, lernt neue Ideen kennen und kann lachen. Sein Herz schlägt noch deutsch. Wogegen und KOHL-wegen DEUTSCH heute ein Satellit in der Gesellschaftsgalaxie ist, als deren Zentralgestirn GELD leuchtet.

* * *